田舎暮らしと哲学

木原武一

Kihara Buichi

新潮社

田舎暮らしと哲学▼目次

装画　danny
装幀　新潮社装幀室

田舎暮らしと哲学

プロローグ

二〇一五年十月のはじめ、昼下がり。高い樹木にかこまれた庭に斜光が影をのばし、エゴノキにヤマガラ、オオシマザクラにコガラ、ケヤキにカケス、イロハカエデの枝先に赤みを帯びた翼果。畑には、実をつけたエンドウ、ナス、ピーマン、二、三週間前に苗を植えつけたキャベツ、メキャベツ、ハクサイ、ブロッコリー、芽を出しはじめたニンジン、ダイコン、コマツナ、収穫の終わったゴーヤ、モロヘイヤ、風に揺れるサトイモの大きな葉。マテバシイの垣根の向こうには、筋肉の盛り上がったような枝を大空にひろげるエノキの大木、それより高いスギやヒノキの稜線。

クリの木の下で草取りをする妻のカオル。その横に寝そべるネコのソラ。

私は、刈払機《かりはらいき》（エンジン式草刈機）を肩に掛け、庭の草を刈りはじめる。私の重要な日課のひとつである。

いまや、この地は私にとってかけがえのないふるさとである。

一九七五年、春のある晴れた日、私は知り合いの建築家、生田勉《いくたつとむ》さんとこの地を訪れた。横浜に住んでいた私は、前年に入手した一反（約三百坪）ほどのこの千葉県・外房の地に家を建て、一家三人（私と前妻のシゲコと二歳の一人息子キョウ）で暮す計画をたてていた。広広とした田園で子供を育てたいという気持からである。東京大学名誉教授の生田さんは、退官後は東京・原宿駅前に建築設計事務所をかまえていて、日本では住宅建築の第一人者と見なされていた。アメリカの著名な文明批評家、ルイス・マンフォードの翻訳家としても知られていて、私はその翻訳の助手を務めていた。彼は六十代半ば、私は三十代半ばだった。

県道から細い砂利道にはいり、田圃のあいだを進むと、きれいに草を刈られた空き地があらわれた。以前は芋畑だったという。樹木は一本も生えていない。隣地は背丈ほどの草でおおわれ、その向こうには竹藪の壁、さらに向こうにスギやヒノキの林が見える。

「おお、ツクシじゃないか！」

生田さんが驚いたというか感動したというか、大きな声で叫んだ。彼の声にあたりを見渡すと、なんと、野原一面をツクシが覆っていた。これほどたくさんのツクシを目にするのは生れてはじめてだった。私も、驚きと感動に満たされた。それは、やがてはじまる田舎暮らしで体験することになる驚きと感動の予兆であった。

ふたりは手にした鞄を放り出し、大地にかがみこんで地面から突き出すやわらかな茎に手をのばした。ツクシは漢字で「土筆」と書くが、まさにそれは土から突き出した筆である。それが野原一面に林立している、いや、林ではものたりない。森である。「森立《しんりつ》」とでもいうべきか。私たちはスギやヒノキの森をはるか上空から見下ろしている巨人にでもなった気分で、黙々とツクシを摘み取りつづけた。まるでそのためにはるばるとここまでやって来たかのように。

その日、家に帰っての最初の仕事は、両手にあまるほど収穫したツクシの「はかま」をむしり取ることだった。茎の柔らかさとは裏腹に、「はかま」は節をつくるように茎にかたく付いていて、むしり取る指先と爪はたちまち黒くなった。建築家も、指先を黒くして、ツクシのお浸しや醤油炒めをこしらえたことであろう。

その年の夏の終わり、生田さんの設計、地元の工務店の施工で、平屋の三十五坪ほどの家が完成し、私たち一家は移住した。


新天地は、外房線・大原駅から十キロほど内陸にはいった田園地帯にあって、二〇〇五年に隣接する大原町および岬町と合併していすみ市となるまでは、千葉県夷隅《いすみ》郡夷隅町と呼ばれていた。この画数の多い住所を封筒に書くにも、電話などで表記を伝えるにも、いささか時間を要した。大原方面から国道沿いに夷隅町を縦断すると、徳川家康の四天王のひとり、本田忠勝の居城だった大多喜町にはいり、さらに内陸から東京湾に向かうと市原市に到る。

移住した当時の夷隅町の人口は八千六百八十人、面積は約四十四平方キロ、人口密度は一平方キロあたり百九十七人。面積は東京都の千代田、中央、港の三区をあわせた面積にほぼ匹敵し、人口密度は東京都の約三十分の一、総面積の三分の二以上は田畑と山林である。

第一章　雨水でご飯を炊く

生活に必要なものは、まず、電気とガスと水である。県道から三百メートルほど離れた野中の一軒家ではあるが、電線は引かれていた。電動工具を使うので、電気がなければ建築工事はできない。都会のようにガス管は配管されていないが、プロパンガスのボンベを設置すれば、煮炊きに困らない。

問題は、水である。

存在と非存在

当時、町営水道が計画中で、利用予定者はそのための分担金を払う必要があった。都会では、水道工事の分担金などというものは聞いたことがなかったが、「郷に入れば郷に従え」で、移住前に全額支払い済みだった。役場の話では、水道の配管工事は一年前からはじまっていて、私の住む地区には「そのうち」開通するだろうということだった。何ごとも自分に都合がいいように楽観的に考える癖のある私は、「そのうち」を数か月か、長くても一年以内と勝手にきめていた。

井戸といえば、二十代半ばで結婚するまで住んでいた東京・文京区の関口台町の家の近くの道端に、大正時代に掘られたという共同井戸なるものがあったことを思い出した。水は出るようだったが、ほとんど使われることはなかった。そのあたり一帯に宅地が造成された大正時代には、まだ水道が通っていなかったのであろうか。それにしても、なぜ使われない井戸が道端に残存しているのか不思議だった。

それはともかく、田舎に来たのだから、井戸水で生活するのも新しい体験だというくらいにしか思っていなかった。それも、水道が開通するまでの短い間である。まさか、「水」の存在そのものの重さといったものを身にしみて体験することになるとは、思いもよらないことだった。

井戸は裏庭にあった。直径一メートルほどのコンクリートの土管の蓋の上に置かれたモーターから、灰色の塩ビ管が地中に伸びていて、台所、洗面所、トイレ、風呂場、深夜電力を利用した温水器、さらには、庭の外流しへと水を運ぶはずであった。

ところが、はじめは勢いよく蛇口から流れ出ていた水が、日増しに勢いを失いはじめたのである。井戸の蓋をずらして、中を覗き込むと、底に薄暗い水の輝きを見ることができた。私は、タコ糸の先に石を縛りつけ、水面に向けて糸を伸ばした。石は水面に波紋を広げ、やがて重みを失い、糸がたるんだ。水面から水底までの距離はわずかであることがわかった。水底までは七メートル、水面までは六・五メートル。水深はわずか五十センチ。井戸にはほとんど水がたまっていないのである！

翌日から、毎朝、石を縛りつけた糸を井戸におろし、水位を調べ、その結果をノートに記すことが日課となった。節水に努めていたが、水位の推移は明らかに渇水を指し示していた。そのことを家を施工した工務店の社長の秋山さんに相談したところ、この地域をふくめ、外房一帯で日照りによる渇水が夏のはじめごろからつづき、ますます激しくなっていることをはじめて知った。どの家でも昔から井戸水を使っているが、多くの家で井戸が干上がり、困り果てているとのこと。ところが不思議なことに、井戸が干上がった家の隣家では、こんこんと井戸水が湧いている例も珍しくないという。どうやら複雑につながる「水脈」の違いによるものらしい。幸いにも、その工務店の井戸はこれまで一度も涸れたことがないとのことで、そこから「もらい水」をすることができた。二十リットルのポリタンクにはいった水を、一家三人、最後に水洗トイレに流すまで、一滴も無駄にしないように使うことを誓い合った。

渇水あるいは水不足については、都会に住んでいたころ、断水や給水制限を通して経験したことがあった。東京では一九六〇年代に、深刻な水不足のために学校給食が中止になったこと、銭湯ではさかんに井戸を掘ったりしたこと、また、都会の水不足のために田舎に「疎開」する人もいたことなどを、新聞記事で読んだ記憶がある。実際、四、五十年前まで、渇水、水不足、断水、給水制限はけっして珍しいことではなく、何年かに一度はくりかえされる「社会現象」のひとつだったが、それを深刻に受けとめるようなことはなかった。言うなれば私にとって「対岸の火事」のようなものだった。

しかし、いまや私たち一家三人は、渇水によって翻弄され、どこにも逃れるすべのない「渦中の人」となったのである。「渦中」と言っても、水のない渦。竜巻のようなものか。その渦のなかで脳裏に浮かんできたのはこんな言葉である。

「存在は非存在によって、より強く、より深く、認識される」

あらゆる存在には自己否定が含まれる、と哲学者のヘーゲルは言っているが、これはヘーゲルからの借用ではなく、私自身の実感からほとばしり出た言葉である。水がなくなってはじめて水というものの存在を存分に意識させられたのである。物にしても人間にしても、重要であればあるほど、存在しなくなってから、その存在感が増すものである。空気については言うまでもない。空気なしには人間は生きていけない。水も同様であること、そして、「存在」と「非存在」をめぐる考察にまで及んだことは、田舎住まい早々の体験としてはいささか過酷であった。

温泉

住みはじめて二か月もすると、「もらい水」と我が家の井戸水だけでは不足であることは歴然となり、深い井戸を掘削することになった。掘削機が運び込まれ、高さ三メートルほどの櫓が組まれ、裏庭の井戸から少し離れた地面にドリルの先端が下ろされた。掘り進むにつれて、新しいパイプが取り付けられ、数日もすると、深さ二十メートルで岩盤に達し、さらに掘り進み、五十数メートルで水脈に到達した。それまで使っていた浅井戸は、いわば「たまり水」を汲み上げていたにすぎなかった。「たまり水」は水脈によって豊富なところもあれば、日照りになると枯渇するところもあった。しかし、岩盤の下の水脈はほぼ涸れることがないという。もうこれで水の心配はしなくてもいい……。

翌日、町の商店街で買い物をしていると、八百屋の主人から声をかけられた。

「なんでも、五十五メートルも掘ったんですってね……」

その人は、私よりも掘削工事の情報に詳しいらしい。それに、私のこともよくご存知のようだ。きっと工事の作業員から聞いたのであろう。掘削深度は別に秘密情報ではないが、情報伝達の速さには驚いた。これが田舎の情報網というものなのだろうか。そう言えば、引っ越して間もなく、名刺の印刷を頼みに行ったところ、印刷屋の主人は開口一番、

「ああ、あの、最近こちらに引っ越してこられた画家のかたですね」と言った。

まるで都会からやって来た画家の到来を待ち構えていたかのような感じであった。私はこの町では画家としてすでに有名になっていたようだ。こちらは町の人びとのことはほとんど何も知らないが、町の人は新参者に好奇の目を向け、頻繁に情報交換を行っているのであろう。それにしても、なぜ私が画家なのだろうか。中学生時代、図画の時間に校庭のイチョウの木を写生して以来、絵というものは一度も描いたことはなかった。誤った情報が広まらないように、私は画家ではなく、ライターであると訂正したが、「ライター」がいかなるものか、うまく伝わらなかったようだ。

ドリルはさらに回転し、深さ六十メートルまで進んだところで、水を汲み上げることとなった。それまでの配管が浅井戸から深井戸に切り替えられ、浅井戸の水はバケツで汲み上げるこ

とにした。

　こうしてふたたび蛇口から勢いよく流れ出る水の恩恵に浴することができたが、それは、透明な水ではなく、薄い褐色を帯びた、少しにおいを含んだ液体であった。このあたり一帯は天然ガスの鉱区になっていて、場所によっては田圃などを数メートル掘るだけでガスが出てきて、それをパイプで家まで引き、燃料に使っている例もあるという。その天然ガスが地下水に溶け込んで、水のなかにヨウ素や鉄分が残ることになるようだ。飲用には不適、風呂には最適という水であった。風呂は色といい、においといい、まさに温泉であった。

「これでいつでも、温泉にはいれるわね」と妻はうれしそうな顔で言った。

「おんせん、オンセン、セン、セン、センセーイ」と、三歳になったばかりの息子もはしゃいでいた。彼はしばしば自分勝手に言葉をつくっては楽しんでいた。わが家では、いつのまにか「セン」と言えば温泉のこととなっていた。一家三人、楽天家、楽天一家だった。

　しかし、楽天家も現実に目を向け、その惨状を直視せざるをえない。この「せざるをえない」こそ、人間を現実に連れもどす殺し文句である。温泉を楽しんでばかりはいられない。ご飯を炊かねばならない、味噌汁を作らねばならない、蕎麦をゆでねばならない、サトイモの煮っ転がしを作らねばならない。それにはにおいも色も付いていない水が必要だ。「せざるをえない」と「ねばならない」に追い立てられて、われわれは生きているのではないか。

地底の水と天からの水

新天地ではじめての正月を迎えて間もなく、料理や飲用に使っていた浅井戸の水が完全に底をついた。井戸の底の土があらわれたのである。水は底をついて、消滅した。文字通り、底についた、というか、底に達したのである。どん底である。雨が降っていたが、雨水が井戸の底にまで到達するにはいったい何日かかるのだろうか。もちろん、それを待っているわけにはいかない。いつまでも「もらい水」に頼るのも気が引ける。

「そうだわ、雨水！」と妻が叫んだ。

地底の水と、天から舞い降りる水、どちらも水に変わりはない。家は、四間四方のふたつの棟が渡り廊下で連絡されている構造になっていて、それぞれの棟の角にとりつけられた鎖の水落しから、勢いよく水の柱が地面に落下していた。そうだ、ここにはこんなに豊かな水があるではないか！

私たちはバケツや鍋をかかえて雨のなかにとびだし、水の柱の下に置いた。たちまち容器は水でいっぱいになった。まずは飲み水用に、やかんで水を煮沸し、飲んでみる。別ににおいも不快な味もしない。無味無臭が「健全な」水の条件である。

「ご飯はどうしましょうか」と妻が言った。

「ご飯を炊けば、水を煮沸することになるので、雨水をそのまま使ってもいいんじゃない」と私は言った。

「あまごはん」とキョウは、笑いながら言った。

衆議一決、雨水でご飯を炊くこととなった。もちろん初体験である。屋根は、アスファルトを固めた板状のもので二重三重に葺いてある「アスファルトシングル」で、早朝からつづいた雨で表面の汚れなどは十分に洗い流されているものと思われた。実際、雨水は無色に透き通り、久しくお目にかかっていない、いまでは記憶のなかにしかない水道水と何のちがいもないように見えた。

炊きあがったご飯を口に運ぶ。三人、無言で、顔を見合わせながら、何度も咀嚼し、飲み込む。

「なるほど」と、私はいつもの癖で、物事を判断する際に発するひと言をもらした。

「そうね……」と妻。

「ソーネー」とキョウは母親の真似をした。子供は親の真似をして育つ。真似こそ「学び」の原点である。

私には、ご飯がのどを通る瞬間に残るかすかな色のついたようなにおいが気になった。

「まああ、食べられるわね」と妻。

「うん、食べられる」と私。

「ウン、ウン」とうなずく息子。

誰もうまいとも、まずいとも言わないまま、夕食は経過した。わが家には、「自分が心に思ってもいないことをけっして口に出さないこと」という「家訓」があった。「家訓」というより、暗黙の了解事項である。「心にもないこと」「お世辞」「リップサービス」はご法度である。雨水ご飯はその日が最初で最後であった。

数日後の朝早く、井戸屋がやってきた。五十代位と思われる夫婦ふたりで、井戸の上に三本の丸太で櫓を組み、その頂点から滑車を吊り下げ、ロープの先端に大きなバケツをしばりつけた。夫は、手にスコップをもって、縄梯子伝いに穴の底に下りてゆき、妻は泥でいっぱいになったバケツを吊り上げ、井戸のまわりに捨てる。涸れた井戸からは泥しか汲み上げることはできないわけだ。翌日には、円筒状の井戸側《いどがわ》が三本、井戸の底に吊り下ろされ、底の深さは十メートルほどになり、やがて土底はたまり水で見えなくなり、すこしずつ水位は上昇し、飲用と料理用に使えるようになった。と同時に、それまであまり気にならなかった水のにおいを不快に感じるようになり、砂利と砂をいれたプランターに井戸水を流し込んで、濾過した。

こうして一日の少なからぬ時間（少なくとも一時間から二時間）を水のために費やすことを別に苦にしなかったのも、そのうち水道が開通するという希望に満ちた未来が約束されていたからであった。

未来への希望こそ、田舎暮らしの出発点であった。楽しい未来、驚きと感動に満ちた未来。未来はいつも現在より幸福であることが暗黙の前提だった。不幸な未来を誰が望むだろうか。しかし、希望はひょっとして「希《まれ》な望み」、「実現されることが希な望み」かもしれないではないか。

哲学者のニーチェは、希望についてこんなことを言っている。（以下、訳者名表記のないも

のは、著者訳）
　パンドラはもろもろの禍《わざわい》の詰まった箱を開いた。さまざまな禍が人間界に広がっていったが、最後に希望が残った。実は、これこそ禍のうちでもっとも悪しきものである。希望は人間の苦痛を引き延ばすからである。（『人間的な、あまりに人間的な』）

　ギリシア神話によれば、パンドラは、神々からの贈り物が詰められた箱を持って地上に送り込まれた最初の女で、けっして開けてはいけないと言われていたその箱を開けてしまう。ありとあらゆる禍が飛び出し、最後に「希望」だけが箱の底に残った。このよく知られたギリシア神話から、希望さえあれば何とかなる、というメッセージを読み取るのが普通の解釈であるが、ニーチェは、希望こそもっとも絶望的な禍であると述べる。

　ニーチェの主張にも一理あるが、私はこう考える――たとえ空しくても、人間に艱難辛苦に耐える力を与えるもの、それが希望である、と。

　今から思えば、よくも永きにわたって耐えたものである。水道が開通したのは、移住後、何と二年九か月後のことであった。水道の蛇口をひねると、薄褐色ではなく白い透明な水がほとばしるのをはじめて目にしたときの感動をいまでも忘れることができない。私はそのことを生田さんに手紙で書き送った。生田さんからは、その私の言葉に感動したと返事が届いた。

　蛇口をひねれば透明な水が出てくるといった、多くの人にとってはありきたりの現象に歓声を上げ、驚き、感動できるのは、渇水体験の賜物であった。

「地霊」のたたり？

それから十年、二十年という月日が、水の存在や非存在について考察することもなく過ぎ、そこで新たに浮上してきたのが、井戸の「存在問題」であった。深井戸は、直径十センチほどのパイプが地面から数センチ突き出しているだけで別に邪魔にはならなかったが、問題は浅井戸のほうである。裏庭の物置の前に直径一メートル、高さ七、八十センチの円筒状のコンクリートの物体として存在していた。明らかに邪魔もの、無用の長物である。いったいこれをどうしたものか。埋めてしまえば、その分裏庭を広く使えるし、通行の邪魔にもならない。しかし、井戸を埋めるのは、ちょっとした工事になることが予想される。どこかから土を運んでこなければならないし……。

工務店の社長の秋山さんに相談すると、彼は、実に神妙な顔で、こう言った。

「とんでもない。たたりがありますよ。近くの家で井戸を埋めたところ、主人は病気に倒れ、仕事もうまくいかないようになって。そんな話をよくききますよ。地霊《ちれい》のたたりですよ。井戸は絶対に埋めたりしちゃいけません。きちんと蓋をして、そのままにしておくことです」

私はその話の内容より、彼の真剣そのものの顔つき、重々しそうな口ぶりに心を打たれた。彼のそのような様子に接したのははじめてだった。私はすくなからず心に動揺を感じた。ひょっとすると、これは、井戸を埋めようなどと考えた私にたいする「地霊」のはたらきなのか。

そもそも「地霊」などいるのだろうか。そうそう……、「地霊」といえば、ゲーテの『ファウスト』で読んだことがある。人生に絶望したファウストが自らの命を絶とうとした瞬間、「地霊」があらわれ、ファウストは生きる力を与えられる。「地霊」のはたらきがなければ、そもそも名作『ファウスト』はなりたたないことになる。「地霊」のたたりを迷信と簡単に片付けてよいものかどうか、いささかの疑念が湧いてくる。根拠を説明しがたい信念ほど根強いものはない。二〜三世紀のキリスト教会の教父、テルトゥリアヌスは言っている――「不合理なるがゆえにわれ信ず」と。

井戸の蓋を久しぶりに開き、「地霊」を探すわけではないが、なかを覗き込んだ。暗く輝く水面に目を落としているうちに、今度は、河竹黙阿弥の戯曲『慶安太平記』の一場面が浮かんできた。由比正雪と倒幕の陰謀を企てた丸橋忠弥が犬を追い払う振りをして、小石を江戸城の堀に投げ込む場面である。堀の水深を推定するためである。私も小石をひろい、井戸に投げ込んだ。丸橋忠弥はどのようにして推定したのか不明であるが、井戸からは、十分な水の存在を思わせる重い響きが返ってきた。

そうだ、災害などで水道が使えなくなったとき、命をつなぐ貴重な水として、この水を利用することができる――この井戸を大事にしなければ。

第二章　トンピチャンでプンチプンチ

田舎住まいの土地を探す際、とくに気をつけなければならないのは、道路である。造成地では、道路に沿って宅地が配置されているが、農地や山林の場合、すべての土地に道路が通じているとは限らないからである。道路が通じていない土地でも、不動産屋は売ろうとする。

「道路はどうしたらいいんですか」と訊くと、

「隣接する土地の所有者から、道路用の土地を借りるか買えばいいですよ」と不動産屋は言う。

「しかし、借りることも買うこともできなかったらどうするんですか」とさらに訊くと、

「そこは何とかするしかありませんね」との答え。

その後の私の経験では、仮に休耕田であっても、田舎の人は、そう簡単に土地を貸したり売ったりはしないものである。新参者には、新天地で簡単に「何とかなる」ことはほとんどないと考えたほうがよい。

危険な道路

わが新天地の場合、土地に道路は通じていた。しかし、問題は生活のための生命線ともいう

べき道の幅である。県道から我が家まで、道幅は約一・五メートル、その上、S字カーブとクランクの連続という、自動車運転の練習には好適な道路環境で、所どころ道の両側は田圃。本来は幅六尺とされていたそうであるが、両側の田圃から路側帯がけずられ、狭い道がさらに狭くなったようだ。何とも細ぼそとした「生命線」である。

とくに狭くなっているのは、わが家のすぐ近くの、三十メートルほどの直線道路の部分であった。建築工事中は、工務店が田圃の所有者に交渉して、板道を仮設して道幅を広げ、資材などを運ぶ大型の車が通れるようになったが、家ができると板道はとりはずされ、車での通過には細心の注意が必要となった。散歩などには気分爽快な田園の風情も、自動車で通るとなると、そんな気分にひたっている余裕はなくなる。

そもそも自動車の運転免許を取得し、中古車を所有するようになったのは、ひとえに田舎暮らしのためであった。都会に生まれ育ち、都会で家庭をもち、都会ではたらく身には、自動車は不要であった。実際、自分が自動車を運転するようになるとは考えたこともなかったが、いまや自動車が不可欠の生活がはじまったのである。妻も移住してから、三回の仮免試験、四回の路上試験のすえ、運転免許を取った。因みに私はどちらも一回でパスした。

引っ越して早々、挨拶を兼ねて、狭い道路の両側の田圃を所有する農家を訪ね、幅一尺か二尺分の土地の借用ないし売買を相談した。その農家は、あちらこちらに広い農地をもっていて、新参者のためにほんのわずかな土地を手放してくれるにちがいないと、例によって楽観的に考えていた。しかし、話はいっこうに進まず、別にこちらで頼んだわけでもないのに勝手に引っ越してきた人の頼みに、「はいそうですか」と言うわけにはいかないとのこと。どうやら「面子《めんつ》」が問題のようだった。「都会者」への反感もあったかもしれない。こちらには、都会から田舎に移り住もうという人をあたたかく迎えてくれてもいいのではないか、むしろそういう人を歓迎してもいいのではないかという、思い上がった気持があったかもしれない。他人の心を忖度《そんたく》するゆとりのない、自己中心的思考である。

先祖の墓を守り、先祖伝来の土地を耕してきた人びとにとって、外来者はむしろ静かな田園を騒がす邪魔者なのかもしれない、どんな人なのかわかりもしない外来者の言い分をそう簡単に聞き入れるはずもない――まだ三十代半ばの未熟な若輩には、そこまで思いを進めるゆとりはなかった。

田舎への移住を決心した一九七〇年代は、当時の首相・田中角栄の「日本列島改造論」の影響もあって、地方への関心が高まったが、不動産屋の対応などから察するに、それは、移住の対象としてではなく、多くの場合、投資の対象としてであった。東京まで鉄道で日帰りできるという条件で、千葉や神奈川、静岡の田園地帯を見聞したが、小田原のみかん畑を案内した不動産屋は、私の顔を覗き込むようにしてこんなことを言った。

「ほんとうに、田舎に住むつもりなんですか。お子さんの教育のことなどを考えると、おすすめできませんね」

彼は「良心的な」不動産屋だったのであろう。地価はこれからどんどん上昇します、いまが買い時です、と業者はすすめる。こちらは今も昔も「投資」のことなど考えたこともない。しかし、田舎の人が、私のことを、「投資」目当ての都会者と考えたとしても、何の不思議もない。

地元での唯一の相談相手である、工務店の秋山さんに事情を説明したところ、「区長さんに相談したらどうか」と教えてくれた。私の住む地域に限らず、日本の多くの地域でも同様と思われるが、町はいくつかの「区」に、「区」は「組」にわけられて、「隣組」のように組織され、住民である「組員」に町や市の広報誌などが配布されていた。区長は、年に一度の住民総会で選ばれ、地域のまとめ役をはたしていた。

区長さんの立会いで、農道の拡幅にともなう農地の賃貸契約が結ばれ、道の両側に土留めを設置する工事がはじまった。工事にやってきたのは、井戸掘り工事の場合と同様、地元の五十代ないし六十代と思われるちょっと腰の曲がった夫婦だった。道の両端の田圃にコンクリートの杭を打ち込み、これらを道の中央に埋設した木の杭と針金で結びつけて固定し、コンクリートの杭の内側に幅一・五メートル、高さ三十センチ、厚さ五センチのコンクリート板をさしこんだ。その後、あちらこちらの崖などで同様のコンクリート板を見かけたが、この土留めに欠かせない板を、ふたりは「柵渠《さつきょ》」と呼んでいた。こういうことでもなければ、私は生涯、この言葉を知ることはなかったであろう。

道普請

こうして路肩の崩れない道路が完成した。しかし、これで「道路問題」が解決されたわけではない。危険な道路のほんの一部分が補修されたにすぎない。実は、「道路問題」はわが家だけではなく、町全体の問題でもあった。舗装されているのは、国道や県道などだけで、その他の住宅地に通ずる道路は、未舗装で自動車のすれ違いもままならない狭い道路がほとんどだった。

アスファルト舗装ないしはコンクリート舗装の道路しか知らない人にとって、人類の歴史は、道路舗装の歴史でもあったと言っても、何のことかわからないかもしれない。道が道であるためには、通過する物体の重さや衝撃に耐える強固な路面が必要だ。ローマ帝国の歴史は、道路舗装の歴史でもあった。当時の輸送はおもに鉄の輪金つきの車と蹄鉄をつけない馬によって行われていたが、これらに耐えていたのは、コンクリート舗装の道路で（すべての道路がそうであったわけではないが）、何と七十年から百年ももったという。技術史では、コンクリートの発明は、古代ローマ人に帰せられる唯一の大発明とされている。コンクリートが、広大なローマ帝国を統治するために不可欠な物資と情報の担い手だった。すべての道はローマに通じるといわれるが、コンクリートなくして道路なし、道路なくしてローマ帝国なし、である。

わが夷隅町では、「道路問題」の解決に向けて、毎年一度、「道普請」なるものが、田植えなどの済んだ六月の中ごろに行われていた。早朝、手に手にシャベルやスコップを持った人びとが区の集会所にあつまり、工事現場に向う。砕石を積んだトラックがやってきて、道をゆっくり進みながら、砕石を道に落としていく。私たち作業員は、シャベルやスコップで砕石を道のくぼみに均《なら》していく。トラックが何回も砕石を運んできて、何度も私たちは砕石を路面に均す。

ただそれだけの作業である。これに作業員を出せなかった家は「手間」といって、何がしかの金を払わねばならなかった。「道普請」は、町民総出の半ば強制的な労働奉仕であったが、その対象になるのは、交通量の多い住宅密集地で、私の住んでいる過疎地帯で、しかも、行き止まりの道路は対象外であった。何のことはない、私は他人の家の前の、私自身もほとんど通ることのない道のために労働奉仕していたのである。

「道普請」の日に、早朝から激しい雨が降ったことがあった。私は当然「雨天中止」と思っていたが、それでも念のため、組長に電話すると、雨天決行のきまりであると教えられた。

「こんな雨で、作業ができるんですか」と訊くと、

「雨合羽をお持ちでしょう」と、組長。

「いや持ってません」と答えると、町の商店街の靴屋で、ゴム製の雨合羽を売っていることを教えてくれた。私は激しい雨のなか、雨合羽を買いに車を走らせた。その買ったばかりの雨合羽を身につけ、集会所にかけつけると、すでに大勢の人が、同じような防水着をまとい、帽子から雨水を滴らせながら並んでいた。「道普請」は万難を排して行う最重要事であることがよくわかった。

しかし、万難を排して行われる作業も、万難を排除することはできなかった。路肩の崩壊や路面の陥没などの難題を一時的に解決するだけで、ひと雨かふた雨でもあれば、たちまち「元の木阿弥」となる。雨が降れば、かならずどこかに水溜りができる。水溜りができると、土が軟らかくなり、重い砕石は沈み、車のタイヤはそれを助長する。ひとたび生れた水溜りは拡大

する運命にある。みんなで力を合わせて均等に敷き詰めたはずの砕石は、いつの間にか姿を隠してしまう。いったいどれほどの砕石を道路は呑み込むことができるのだろうか。

謎の言葉

町内の道路では、自動車の脱輪事故は珍しいことではなかった。国道などでも、田圃に倒れかかって動けなくなった車を何人もの人が道路に押し上げている光景を見かけることがあった。道のあるところ、脱輪ありといっていいが、県道からわが家に通ずる道路は、町内でも「有名な」脱輪多発道路であった。とくに危険なのは、S字カーブの両側が田圃の曲がり角である。地元の人は、この曲がり角にさしかかると、ほぼ例外なく最徐行ですすむ。用心すれば、車幅の広い大型乗用車や二トントラックも安全に通行できるが、気を許すと、軽自動車でも脱輪の憂き目にあう。

わが家にとっては、この危険な道路こそ「外界」につながる唯一の生命線で、買い物に行くにも、旅行に行くにも、また、子供を保育園まで送り迎えするにも、ここを通らなければならない。

ある日、キョウを迎えに行った保育園からの帰り、家の近くまで来て、車が大きく傾くのを覚えた。左側は田圃、反対側は竹やぶで、脱輪の危険など一度も感じたことのない場所である。車の外に出て調べると、左側の後輪が路肩からずり落ちそうになっているが、左側の前輪は、かろうじて路肩に残っている。前輪駆動車であれば、前輪の回転で何とか前進もできようが、私の車は後輪駆動。二歳のころからミニカーでいつも遊んでいて、すっかり自動車マニアになったキョウは、車の前にまわり、後ろにまわり、何かうなずきながら、ブツブツ言っている。

私は、まず、トランクからジャッキを取り出し、家から厚い板を持って来た。刈り入れが終わったばかりの田圃の乾いた土の上に板を敷き、ジャッキを載せ、その上端を後輪の内側に当てた。脱輪しかかったタイヤと田圃のあいだは三十センチほど。キョウと妻が見守るなか、私は慎重にゆっくりとジャッキのクランクを回す。軋むような音をたてながら、少しずつ車体がもちあがる。タイヤの下端が路面とほぼ同じ高さになるのを見届けて、ジャッキを止めた。

「ちょっと、エンジンをかけて、ゆっくり動かしてみよう」と、私は妻にいった。妻は運転席に坐り、エンジンをかける。私は後ろから車を押す。車はゆっくりと前に進み、タイヤがジャッキの上端からはなれ、路肩に乗った。

「ハンドルを右に、右に」と大きな声をあげながら、私は全身の力を車にあずける。後に、近くの自動車整備工場の人から聞いた話では、ハンドルを右にきると、左側の後輪は右側ではなく左側に動くのだという。この場合は、左側の路肩に注意しながら、左側にハンドルをきるのが正しいことになる。

幸いにも、脱輪しかかったタイヤは道路上に復帰し、レッカー車やクレーン車の出動を要請することもなく、一件落着となった。一部始終を見守っていたキョウは、ニコニコと笑いながら、私と妻の協力にパチパチと拍手を送ってくれた。

それから数日後、この「脱輪未遂現場」を車で通ると、キョウは、独り言のようにいった。

「トンピチャンでプンチ」と。

その後も、「現場」を通るたびに、彼は同じことをつぶやいた。

「キョウちゃん、そのトンピチャンって、なーに」と妻が訊く。キョウは楽しそうに笑うだけで何も答えない。

「それに、プンチって、面白い言葉ね」と妻。

彼は笑いながら、「トンピチャンでプンチプンチ」と節をつけて歌うこともあった。それは、親にもいえない「秘密の言葉」なのだろうか。それとも、親の質問にどう答えていいかわからないのか。

親は子供に質問をする。子供は答えない。答えられないのか、それとも、質問の意味がわからないのか。わからない場合、質問の意味を問い返すにはどういえばいいのか子供はわからないのかもしれない。だいたい、子供が「質問の意味」など考えるだろうか。わかっていれば、すぐ答える。答えないのは、答えたくないからである。質問すれば、すぐ答えが返ってくるのが当然だ、というのは、質問者の側の、親の側の、思い込みにすぎない。子供から答えが返ってこないことの意味を、ほとんどの親は考えたことがないのではなかろうか……。

私は妻とふたりで「トンピチャンでプンチ」について話し合い、熟考をかさねたが、その謎を解くことはできなかった。

いまどきこんな道路はありませんよ

移住してから十年、そして、さらに十年。近所に住む人が増え、県道からわが家に通じる狭い道を利用する家は十軒を数えるほどになった。二、三軒以外はすべて車を利用し、交通量は圧倒的にふえたが、道の幅と路面の状況は昔のまま。町内のほかの地域では、道路の舗装や拡幅がすすめられ、いまや「道普請」を必要としているのは、わが家に通じる道のみとなった。ギリシア語のアルファベットの最後の文字、オメガをとって、私はこれを「オメガ道路」と命名した。古い昔の未開発の田園風景を残す道である。いうなれば「原風景」、最初に存在していた風景、ギリシア語のアルファベットの最初の文字をとって、「アルファ風景」である。

ある日、大原駅からタクシーで帰宅する途中、「オメガ道路」にさしかかると、タクシーの運転手が、驚きをこめて、こう言った。

「いやー、いまどき、町内にこんな道路はありませんよ。区長さんに言って、町役場に申請したほうがいいですよ」

町内の道をよく知っているタクシーの運転手の言葉には、重みがあった。役場の職員などより、町内のことには詳しいにちがいない。

「しかし、いくら区長さんに言っても、話が通じないんですよね」と私。

「何度でも、言ったほうがいいですよ。ほかには工事が必要なところはないんじゃないんですか」

区長に話が通じたのは、何と移住二十三年後のことであった。十年ひと昔というけれど、田舎ではあっという間にふた昔も過ぎてしまう。

ある日の夕方、区長と組長とがわが家を訪ねてきて、「町道拡幅同意書」なる書面を差し出した。「オメガ道路」の拡幅舗装工事を町役場に申請するために、沿道のすべての土地所有者の同意が必要で、そのために署名してほしいというのである。もちろん、一瞬のためらいもなく私は署名した。

こうして土地所有者全員の同意書が町役場に提出され、工事が承認された。これでいよいよ「オメガ道路」とも「アルファ風景」ともお別れかと思うと、何かさびしいような気がしないでもなかった。例の「楽観主義」は、その「さびしさ」の到来を間近なものと決め込んでいたが、現実はそんなロマンチックな気分とは無縁であった。工事決定から工事開始まで、何と六年以上もかかったのである。その間に何が行われたかを、次に列挙してみよう。

「路線測量」
「工事の説明会」
「予定道路の中心に杭打ち」
「関係者立会いの土地境界確認」
「最終測量」
「用地買収契約」
「垣根等の樹木の移植」

これらのことが、一年に一度のペースで行われた。関係者は何度も区の集会所に集められて工事の説明を受け、長い時には朝から夕方まで、道路の測量などに立ち会わされた。

こうして工事が開始され、一年後には、「オメガ道路」は幅四メートルの舗装道路となって生れ変り、細い砂利道の「原風景」も消え去った。

移住してからちょうど三十年が経過していた。

自分で勝手に名前をつける

「トンピチャンでプンチプンチ」と楽しそうに笑っていたキョウも、大学を卒業し、就職して一人前の大人として東京で暮らしていた。あの「脱輪未遂現場」に佇み、私はそのときの情景を思い起こした。

車が傾き、板切れを家に取りにいき、ジャッキを車に当て、クランクをまわす、車がもちあがり、力いっぱい車を押す……。

トンピチャンでプンチプンチ……とつぶやくうちに、胸があつくなるのを覚え、同時に、「スワン氏が引きあげ、鈴が鳴り、門がしまる――」というプルーストの『失われた時を求めて』の最後の部分の一節、プルーストが幼少時代の「失われた時」を思いおこすきっかけとなる一節が脳裏に到来した。その瞬間、私にとっての「失われた時」が蘇生し、思わず叫んだ。

「そうだったのか、そうなのだ、トンピチャンでプンチは……」

トンピチャンは、ジャッキのことで、プンチはジャッキを押し上げるためにクランクをまわす動作のことなのだ。「トンピチャンでプンチプンチ」は、脱輪した車を引き上げる作業を表現したものなのだ。

それにしても、よくもジャッキのことをトンピチャンと命名したものである。名前を知らないものを呼ぶには、自分で名前をつけるしかない。名前がまだついていないものには、名前を与えるしかない。古来、哲学者や科学者は、新しい概念や物質や現象に新しい名前を与えてきた。学問の開拓者は命名者であり、学問は命名の歴史でもある。キョウは、二歳のとき、蒟《こん》蒻《にゃく》を「ペロン」と命名したことがあった。

こうして、積年の謎をついに解くことができたが、そのことを妻のシゲコに伝えることはできなかった。彼女は十数年前に亡くなっていたからである。

第三章　子供の情景

保育園の遠足

ある日、キョウを保育園に送ってから、庭で紙くずを燃やしていると、遠くから子供の話し声がきこえてくる。にぎやかな声はしだいに近づき、道に小さな子供たちの群れがあらわれた。

「ここがキョウちゃんちなの」と誰かが言っている。

子供たちは、道に立ちどまり、若い女性がお辞儀をしながら、庭にはいってくる。

「今日は遠足で近くまで来ましたが、近くにキョウちゃんの家があるというので……。焚き火の煙が見えましたので、ご在宅かと思いまして」

キョウがお世話になっている保育園の先生である。「遠足」といっても、バスや電車に乗って、どこか遠くの名所などへ行くのではなく、歩いてすこし遠出をするということのようで、これが文字通りの「遠足」かもしれない。保育園からわが家まで、せいぜい二キロほどの距離である。

たしか、昨晩、寝る前にキョウは、「あしたは遠足なんだ」といっていた。遠足を楽しみにしている様子だった。

「まー、よくここまで歩いて来られたわね」と、妻が笑顔で出迎えた。

たちまち庭は子供たちであふれた。その数、おおよそ二十数人。みんな黄色の帽子をかぶり、紺色の制服に名札をつけ、背丈はほぼ同じ。子供がかわいいのは、小さいからである。それもこんなに大勢の「小さい」が集まると、かわいさも一層である。みんな勝手気ままに動きまわり、声をあげている。まるで小さなからだのなかの生命《いのち》の「バネ」がいっせいに弾かれたかのように。

焚き火のまわりに子供たちが集まり、庭に落ちている小枝や落ち葉を拾っては火のなかに投げ込んでいた。大きな炎が立ち上がるたびに、子供たちの歓声が、もうひとつの炎のように、湧き上がった。

キョウはその小さな群れから少しはなれた木陰に佇み、母親の姿を目で追っていた。いつも見慣れた自分の家の庭ではしゃぐ気にならないようだった。

楽しみにしていた遠足の目的地が、自分の家だったとは……。

「ピンク・レディー」の時代

いつの間にか、わが家は子供たちのたまり場になっていた。「子はかすがい」というが、キョウはわが家と近隣の人びとを結ぶ「かすがい」のような存在になっていた。子供たちの往来を通して、その親たちとの交流も生まれ、町で挨拶をかわす人もふえた。

最初にわが家に出入りするようになったのは、小学校の集団登校で毎朝、顔を合わせる近くの二軒の隣家（といっても、百メートル以上はなれていたが）の子供たちだった。子供たちが友達をつれてきて、その友達がさらに友達をつれてきてというようにして、学校がひけるころになると、わが家は小学校の低学年から高学年までの男の子や女の子でにぎわうこととなった。少ないときは五、六人、多いときは十数人の子供たちが、庭や居間を勝手気ままに占拠していた。

なぜわが家は子供たちのたまり場になったのか。みんな、キョウと遊びに来たわけではなく、わが家の「もてなし」、とくに妻のシゲコの歓待ぶりが「磁力」となっていたようだ。子供にかぎらず、大人にたいしても、つねに笑顔をたやさず、やさしい言葉をかけ、相手の気持を真摯にうけとめ、ほとんど作為なしにすべての人に好感を与えることができた。ときには、その愛想のよさを自分への愛着と誤解するような男性がいても不思議ではないほどで、実際、彼女は出会うすべての人にたちまち愛着をおぼえ、それが相手にも伝わるといった、たぐいまれなる「磁力」の持ち主だった。

そこにいるだけで、一座を生き生きと明るくするような人がいるが、彼女はそういうタイプの女性で、その「オーラ」は小さな町でも輝いていたようで、町の商店街の金物屋の女主人から、「あなたの奥さんを見て、映画のロケでもあるのかしらと思ったほどよ」という言葉を耳にしたことがあった。映画俳優にでもまちがえられたのであろうが、私にとってその言葉は別に意外ではなかった。

それはともかく、子供たちは気の向くままに思う存分、わが家の内外を利用した。わが家の十六畳の居間は、とくに女の子たちの要望で小さな音楽ホールと化した。

「舞台のようなものがあるといいわね」というシゲコの発案で、私は、子供がふたり乗って、身振り手振りができる広さの踏み台のようなものを、工務店からもらった廃材で製作した。ふたりの子供が余裕をもって立てるというのが製作の「絶対条件」であった。その上で、一番人気のデュオのアイドル、ピンク・レディーの歌がうたわれることになっていたからである。

一九七〇年代後半は、まさに「ピンク・レディー」の時代だった。当時、私はピンク・レディーよりも井上陽水や中島みゆきのファンで、とくに陽水は『断絶』や『センチメンタル』『氷の世界』『二色の独楽』『招待状のないショー』などのアルバムをはじめとして、発売と同時にほとんどすべてのLPレコードを購入し、ほぼ毎日、聴いていた。クラシック音楽では、カナダのピアニスト、グレン・グールドのレコードを同様に愛聴し、息子のキョウは、毎日、陽水とグールドの音楽が鳴り響くという音楽環境のなかでもの心のはぐくまれる時期をすごした。友人はこれを「ヨーグルトで育った」と評した。

カクテルの名前から命名されたというピンク・レディーは、テレビを通して、日本中の人びと、とくに十代の女の子を酔わせ、「ペッパー警部」にはじまって、「渚のシンドバッド」「ウォンテッド」「UFO」「サウスポー」「モンスター」などなど、ほぼ三月ごとに発表される新曲は「ピンク・レディー旋風」をまきおこした。その旋風は、房総の片田舎にまで吹き荒れ、わが家の常連の小学生の女の子たちは、みんな競って新曲の歌詞と振り付けをおぼえ、わが手製の「舞台」に立って、ときにはシゲコのピアノ伴奏で、熱演した。子供たちは、床に寝そべったり、椅子に坐ったりして、それに耳を傾け、次の「出番」のペアが居間のドアの向こうで待機していた。

こうして午後のひと時、家中にピンク・レディーの新曲とともに、歓声と拍手と笑い声、子供たちの床を踏み鳴らす音が鳴り響いた。

熱演がひと通り終わると、揚げたてのドーナツやウィンナーソーセージなど、シゲコがつくったばかりのおやつがみんなに振舞われた。私もおやつの輪に加わり、子供の談笑に耳を傾けていると、誰かがこんなことをいった。

「みんなでこわい顔ごっこしない」

「こわい顔ごっこって?」

「誰がいちばん、こわーい顔、できるか……」

子供たちは真面目な顔をして、たがいの顔をのぞきこんだ。

「じゃあ、順番をきめましょう」と、シゲコが、書き損じの原稿用紙を切ってつくったメモ用紙に数字を書き、ふたつ折りにして子供たちの前に差し出した。

「玄関に鏡があるから、そこでこわい顔をためしてから、みんなの前でやってみたらどうかしら」と、シゲコ。

一番目と二番目の子が、玄関に消え、しばらくすると、小学三年生のチエミちゃんが「舞台」に立った。

彼女は、顔を下に向けながら、くりくりした大きな目を細め、赤い小さな舌を突き出し、ゆっくりと首を左右に動かした。

その熱演にたいして、「ぜんぜんこわくないねェー」という声が飛ぶ。

次に登場のヨシコちゃんは、長い髪を顔の前にたらし、両手を胸の前にさげる。幽霊スタイルである。

用事で書斎に行く途中、玄関を通ると、次の出番の子が、鏡を前に口を広げたり、目を上げたり下げたり、舌を伸ばしたりしていた。まさに真剣、真面目そのもの。こんなに真剣になって何かをしたことがあるのだろうかと思わせるほどである。オランダの歴史家、ホイジンガは、主著『ホモ・ルーデンス』で、人間の文化はすべて遊びであり、遊びに不可欠なのは真剣さであると述べているが、その例証がそこにはあった。こわい顔そのものより、その真剣さのほうがこわく感じられるほどだった。

居間に戻ると、最後の出演者の、女親分ふうの、大柄なヒロミちゃんが舞台に立っていた。そのとき、ひと声。

「そのままで、こわーい顔だ」

ヒロミちゃんと同級のヒロちゃんの声。

ヒロミちゃんの顔が「真顔」になって、舞台を蹴飛ばし、ヒロちゃんにとびかかり、胸元を押さえつけ、

「このやろうー……」

怒りに満ちたヒロミちゃんの顔。笑いながらそれを見上げるヒロちゃんの顔。

そのふたつの顔を見まもるみんなの顔。

「こわい顔」一位は、全員一致で、そのヒロミちゃんの顔にきまった。

庭野球

わが家に集まる男の子たちの遊びといえば、野球だった。長さ三十メートル、幅二十メートルほどの庭は、「三角ベース」の草野球とまではいかない「庭野球」に十分な広さだった。東側の道路に面したケヤキの前がホームベース、寝室の前のメタセコイアが一塁、二塁は省略して、南側の垣根の近くのサクラが三塁で、ホームベースのケヤキには球が外に行かないようにキュウリ用のネットが常設されていた。必要な道具といっても、プラスチック製のバットとゴムボールのみ。

「庭野球」には特別なルールがふたつあった。走塁者はボールを当てられるとアウトになり、打球が庭の外の藪まで飛ぶと打者はアウトになる。球がころがって藪にはいった場合は、ヒットとなるが、いずれにしても、球が藪にはいりこむと、試合は中断し、みんなで球を捜すこととなる。捜索が長引くと、新しい球で試合再開となる。用意した球がなくなると、再捜索がはじまり、それでも見つからないと、試合は終了。行方不明の球は、子供たちが帰ったあと、私とキヨウの捜索に委ねられる。

「庭野球」に必要な最低人数は、四人。一チーム二人。一人はピッチャー、もう一人は内野手兼外野手で、打者めがけて球を投げつける。「庭野球」では走塁者に「タッチ」してアウトにすることはまずない。内野手が打球をキャッチして、一塁なり三塁なりに送球しても、それを捕球する人がいるとは限らない。捕球者が塁に到達するのを待つよりも、走塁者に球を当てるほうが早い場合が多い。なにしろ打者ひとりに対して、守備陣はふたりなのである。一チーム九人でたたかう場合に比べ、圧倒的に守備陣が不利なのは明らかである。

ところで、一チームふたりの場合、キャッチャーは誰がするのか。そもそも、キャッチャーがいなければ、野球はなりたたない。ピッチャーの投げた球を受け取る人がいてこそ、野球は成立する。その重要なポジションを占めるのが、私の仕事であった。

書斎で執筆や読書などに専念している私のもとに伝令がやってくる。

「おじさんにきいてきてって……」

伝令はキョウ。「おじさん」は私のことである。庭には必要なメンバーがそろったらしい。いかに多忙でも、子供たちの要請を断ることはできない。子供たちも、遠慮しながら伝令を派遣することは、私にはよくわかっていた。それを一度でも断れば、断絶が生ずるかもしれない。

私を待ちかまえていたのは、ヨッちゃん、マーちゃん、ヒロちゃんの、すぐ近くに住む常連である。一番下は小学校二年生、上は四年生、わが家のキョウは一年生になったばかり。私は三十八歳。この春の昼下がりの晴天に、子供たちと「庭野球」などで時間をすごす働き盛りの大人が、はたして日本全国いや千葉県に、どれほどいることだろうか、などと考える余裕もなく、私はネットの前に坐り、ゴムボールを捕球しながら、「ストライク！」とか「ボール！」

とか、また、打球を目で追いながら、「アウト」とか「セーフ」とか、大声をあげていた。

そこへ折りよく、最上級生のヒロちゃんの友達がふたりやってきて、「庭野球」に加わることになり、私は捕手のポジションから解放され、書斎に戻ることができた。ケヤキやサクラ、マユミ、イチョウなどの新緑にかこまれた庭では、いつまでも子供たちの歓声がつづいていた。

アマガエルとカマキリ

「キョウちゃんち、カマキリがたくさんいるなー」と、ミッくん。どういうわけか、彼だけ、「ちゃん」ではなく「くん」で呼ばれている。小学二年生であるが、上級生にも一目置かれているリーダー格である。友達がべそをかいていたりすると、

「キョウちゃん、あいつに飴玉でもやってよ」などと指令を出す。まるで親分気取り、兄貴気取り、ときには親気取りである。

「おうー、あっちにもこっちにも、カマキリ。こんなにカマキリがいていいなー」

まるでカマキリが庭の宝物、わが家の財宝でもあるかのように、しきりにミッくんは感心している。カマキリがたくさんいると何がいいのか、よくわからないまま、キョウは、何かほめられた気持になって、にこにこしている。

「あッ、アマガエルをつかまえている」

ミッくんは、小さな赤い花をつけたカラスノエンドウのつるが生い茂る草むらにしゃがみこみ、

「なにをしてるんだろう……」

キョウもミッくんの横にしゃがみこみ、カマキリとアマガエルを観察。カマキリは細長い脚でカエルの四肢をおさえこみ、口をカエルの頭の部分、両眼の中央あたりに当てている。

「傷をなめてあげているんだよね」と、キョウ。

「そうかなぁー、なめているようには見えないよ」と、ミッくん。

「カエルさんの痛いところを、なめなめしている……」

「なめなめだって。なめなめじゃなくて、ガリガリだよ」

「がりがりって……」

「ガリガリと、かじってるんだ」

カエルの頭の一部がまるくけずられたように白くなっている。カマキリはカエルをしっかりとおさえつけ、三角形のとがった口をかすかに動かしている。

キョウの顔がすこしゆがみ、悲しそうになる。

「傷をなめているんだよね」とキョウはくりかえす。

「かじっているんだよ」とミッくん。

キョウは小枝を拾って、カマキリの頭をたたいた。カエルはひととび跳ねて、草むらに消えた。

「キョウちゃんちは、カマキリがたくさんいていいな……」と、ミッくん。

虫の埋葬

玄関の近くのモルタルの壁に、何日か前から、子供の手のひらほどの大きな蛾がとまっていた、というか、はりついていた。私は小さいころから蛾は見るのも嫌いだったが、玄関を出入りするたびに、目にせざるをえなかった。

全体に薄い灰色の翅《はね》に、淡い橙色の同心円が左右にふたつ並ぶという模様で、じっとして動かない。生きているのか死んでいるのかもわからない。垂直な壁から落下しないのは、生きている証拠かもしれない。生きているとしたら、息をしているはずだが、それにともなうはずの翅や胴体、触角などの動きは見えない。「息」は「生」のしるしである。「生」は「動」としてあらわれる。

ある日、学校から帰ってきたキョウが私に言った。

「やわらかくて、すべすべしたよ」

「なにが?」と私。

「あの、壁にくっついている虫のようなもの」

「えッ、あれにさわったの、あの大きな蛾に!」

「うん、ちょっと、指先で……」

見るのもいやなものに、さわるとは。私にはとうていあの蛾にさわる勇気はない。

「ほんとうにさわったのかい」

「うん」

「ちょっと手を見せてごらん。どっちの手でさわったの」

キョウは右手をひろげて、さしだした。毒のある蛾であれば、手がただれているかもしれない。

「どの指でさわったの」

「人差し指」

見たところ、ただれてもいないようだ。興味のあるものにさわりたくなるのは、時にはなめてみたくなるのは、子供も大人も同じだが、子供の場合、汚いとか何か害があるとかといったことを考える間もなく、手が伸びるようだ。好奇心がただちに行動をうながすとでも、あるいは、好奇心と行動が直結しているとでもいえようか。子供が道端で石ころなどを拾ったりすると、「きたないから、いけません」などと、叱りつける母親を見かけることがある。そんな母親の言葉は、子供の好奇心を摘み取ることになりはすまいか。

私はよほど危険や害がともなわないかぎり、子供が何を拾おうが、なめようが、制止しないことにしていた。今回の蛾の一件でも、その方針に変わりはなかった。

壁にはりついた蛾はさらに数日間、静止状態を維持した。キョウは毎日、学校から帰ると、そのやわらかくて、すべすべした翅を撫ぜていたようだった。

ある日、帰宅したキョウは、悲しそうな顔をして、言った。

「おっこっちゃったの……」

何が落ちたのか、聞くまでもなかった。シゲコと私とキョウの三人は同時に立ちあがり、玄関のドアを開けた。

壁には蛾の姿はなかった。キョウはだまって、地面を指さした。そこには、例の大きな蛾が、仰向けに、胴体を上にして翅の裏を見せて、横たわっていた。動く気配はまったくなかった。私は小枝を拾って、蛾の触角のあたりに当て、押してみた。蛾のからだは小枝の先とともに一回転した。

私とシゲコが首をかしげるのを見て、キョウが小さな声で言った。

「おはか……」

私とシゲコは顔を見合わせ、そして、キョウの顔に視線を移した。

「そうねー」とシゲコ。

私は物置からスコップを持ち出し、

「どこがいいかな」とつぶやいた。

私が庭のサクラの木の下に穴を掘っているあいだに、キョウは居間から持ってきた折り紙に蛾の骸《むくろ》を包み、穴の底にそっと置いた。

「何てあなたって、やさしいの……」と、シゲコはキョウのからだをいつまでも抱きかかえていた。

永遠の子供たち

ヨッちゃん、マーちゃん、ヒロちゃん、ミッくん、ケンちゃん、ヒロミちゃん、アケミちゃん……、わが家に集う子供たちをいつも愛称で呼んでいたため、私はついに本名を知ることがなかった。彼らは私の思い出のなかではいつまでもヨッちゃんであり、ミッくんであり、ヒロミちゃんであり、一人前の大人になった彼らに通りで出会っても、昔の愛称で声をかけるしかない。その愛称から、わが家の庭を駆け回ったり、居間で歌をうたったりしていた子供の姿がたちまちよみがえる。私の記憶のなかでは、みんな「永遠の子供たち」である。

ある子は、歯科医師となって、わが家から歩いて十分ほどのところに歯科医院を開業し、私は年に二回、真夏と真冬に歯の定期検査を受診している。町内のメインストリートのガソリンスタンドの主人になったり、家業の金物屋をついだり、近隣の会社に就職したりして、地元で暮らしている人も少なくないようだ。

旧町内に三つあった保育園も小学校も、いまではそれぞれひとつだけになり、送迎バスが町内を走りまわっている。

第四章　大人のつきあい

相互扶助

家の建築中、休憩時間に大工さんたちといろいろなことを話す機会があったが、田舎暮らしに慣れない私に配慮してか、しばしば、田舎の生活でたいせつなのは「相互扶助」であることを強調した。「相互扶助」といえば、私の脳裏にまず去来するのは、ロシアの思想家、クロポトキンの『相互扶助論』である。

クロポトキンは、人間を含め、動物に共通する生存の原理は、闘争ではなく、相互の協力や援助にあることを、動物の進化と人間社会の歴史から実証し、「相互扶助」にもとづく社会のありかたを構想した。その分析と理論づけはたいへん詳細で、私もおおいに共感したものだったが、現実にはどのようなかたちではたらいているのか実感はなかった。相互扶助の原理から導き出された、権力の支配のない、自由で平等な社会というものが、はたして存在したことがあるのだろうか、また、いつの日か実現するものだろうか――大工の棟梁の話を聴きながら、私の思いはつかみどころのないちぎれ雲のように飛翔した。

「たがいに助け合うには、ふだんからたがいに顔をあわせ、挨拶をかわし、何か困っていることがないか、気をつけていることが大事。貧しい田舎だけれど、それほどの不自由もなく、なんとかみんな生活できるのは、相互扶助のおかげ」と、棟梁は、ゆっくりとかみしめるように言った。田舎の生活のルールを私に説いているかのようだった。

棟梁の話では、相互扶助には、お互い同士の緊密な関係と、近所の人への強い関心、他人にたいする献身的な善意などが必要なようだった。そこでよく考えてみると、私にはこれらの条件がことごとく欠けていることに気づいたのである。

まず、人間関係は淡白に、というのが私の好みで、たとえ家族であっても、いわゆる「ざっくばらんに」話をしたり、本心をむきだしにしたりするようなことは避ける。こちらが訊ねもしないのに自分自身の秘密などを暴露したがる人とは交際しない。また、ある人がどのような人物なのか、ある集団のなかでどのような人間関係が展開されているのかといった、ゴシップめいた話題や噂話にはまったく関心がない。一座の話題がそのような方向に傾くのを察知するや、すばやく座を立つことにしている。さらに、人間の善意というものには懐疑的である。自分自身をかえりみて、他人へのすなおな善意があるかどうか確信がもてないからである。

大学生時代、在籍する大学の学長が「小さな親切運動」なるものを提唱したことがあった。これにたいしてある友人はこうコメントした。

「小さな親切、大きな迷惑」

私はこれをうけて、

「小さな親切、大きなお世話」と返した。

どうやら、私は「相互扶助」の慣習に馴染めそうにないことを自覚した。しかし、未知の土地に定住を決心したからには、せめて「相互扶助」の「一助」にでもなるように努力することも大切ではなかろうかと、妻に相談した。彼女はひとことで事柄を要約した。

「郷に入っては、郷に従え、よ」と。


神社の氏子？


「相互扶助」を支えているのが、町内会の組織である。町は区にわかれ、それぞれの区はいくつかの組によって構成されている。私の住む区の場合、九つの組があり、全戸数はおよそ二百戸、私の所属する組は十数戸である。

住み着いてからしばらくすると、組長だという人が訪ねてきて、町内会への入会を勧めた。入会すると、一年に数千円の区費を払うこと、道普請に参加すること、集会所の清掃などをすること、組長の仕事は持ちまわりで、いずれ担当になるといったことを説明した。

「ええ、もちろん、はいります」と私はためらうことなく答えた。「郷に入っては、郷に従え」の実践の第一歩である。

組長に言われるまま、町内の洋品店でタオルを二ダースほど購入し、組長の案内で組の家を一軒一軒挨拶してまわり、タオルを渡した。

「こんど引っ越してこられた画家の方ですか」と言う人が二、三人いた。私はすでに画家として町内の各所に知れ渡っていたようだ。「こんど引っ越してきたあの人は、いったい何をしているんだろう」と、私に関心を持ってくれたのであろう。誤解をいちいち正すのも面倒ではあったが、そんなことはないと思うが、万が一、肖像画の依頼などが来ても困るので、「いえ、絵は描いたことがありません。翻訳の仕事をしています」と答えた。こちらのほうが「ライター」よりわかっていただけたようだ。

新しい生活になじむために、それまでの私の習慣に反して、町の行事には時間と体調が許すかぎり参加することにきめた。協調性に欠けているというか、そういうものにはまったく関心のない自らの資質は自覚済みで、会社勤め時代、たとえば、会社の創立記念行事や社員旅行など、会社での自分の仕事に無関係と思える行事や会議はすべて無視したものだった。会社は最初からいつか辞めるつもりでいたので、独立自尊の精神をとおすことができたが、田舎住まいははじめから終《つい》の棲家《すみか》のつもりだったので、「協調性」も必要かもしれないと覚悟はしていた。

しかし、一方で、「協調性」にも限度があるのではないかと思うようにもなった。町民総出で行われた祭りがそのきっかけだった。そもそも祭りというものにはまったく興味がなかったというよりも、総動員体制的な、その押し付けがましさに反発を感じていた。

秋の祭りは町内会の大事な行事のひとつだった。祭りの当日、町内会の人びとはそれぞれの地区の神社にあつまり、神輿を担いで町の中心の神社まで行くことになっていた。私もその行事に加わり、糊のきいた新調の浴衣を身にまとい、これも新調の畳ぞうりをはき、早朝、近くの神社に赴いた。朝日を浴びながら、集まった数十人の男たちは茶碗になみなみと注がれた酒を飲み干し、神輿のあとについて行った。私にとって早朝の飲酒は初体験だった。行列はゆっくりと進み、「接待所」とよばれる店先に着くと、いったん休息し、みんなに酒が振舞われた。暫時談笑ののち、行列は動き出し、しばらくすると、また「接待所」があらわれ、酒が振舞われる。これが何度も繰り返され、行列は酩酊状態。

残暑のあつい日で、浴衣の糊も汗で溶け、ぞうりの畳に汗がにじむ。めざす神社で一行を待っていたのは、大きな樽いっぱいの酒だった。私にはもう酒を飲む元気はなかった。神社の境内には、町内の各地区からやってきた神輿がいくつも並び、男たちが日陰で休んでいる。

神社の本堂では、鼻筋に白粉を塗って化粧をほどこした子供たちが太鼓の前に居並び、お囃子を披露していた。そのなかには、毎週土曜日の夜、区の集会所で太鼓の稽古をうけていたキョウの姿もあった。笛を吹いているのは、わが家の常連の女の子である。

祭りが終わり、親子三人、まだ明るい田圃道を歩いて、家に帰る。

「キョウちゃん、太鼓、上手だったわね」とシゲコ。

かたわらでは、キョウが、分厚い電話帳を太鼓に見立てて、「さんぴゃくとった、うけとった」と音頭を取りながら、割り箸でたたいていた。毎週練習している通称「ばか囃子《ばやし》」である。

「田舎のお祭りって、くたびれるもんだなぁ――」と私。

「神社が中心なのね、お祭りって。子供のお囃子だって、神社の神様に捧げているんでしょう。お神輿も」

「まあ、そうだね」

「いろいろ考えてみたんだけれど、わたしたちって、神社の氏子ということになっているんじゃないの。この前、秋のお祭りのためにって、祭礼費とかいってお金を集めにきたわ。それ以外にも、氏子料とかなんとか、神社関係の集金もあったわよ」

「なるほど。そういうことか。こちらの知らないうちに、神社の氏子にされていたのかもしれないな。ここに住んだら、このあたりをまもる神社の氏子に自動的になるということか」

「郷に入っては、郷に従え」に従って、祭りに参加しただけのつもりであったが、その行動自体が、自分は何々神社の氏子であることを示すという結果になったようだ。江戸時代、キリシタン禁圧の手段として一戸ごとに、名前や宗旨、檀那寺などを記した「宗門人別帳」がつくられ、戸籍簿の役割を果たし、明治になって、この制度は廃止されたが、寺に代わって、神社が地域の住民を「結束」する隠然たる役割を果たしているのではなかろうか——。

私は神社の氏子になるつもりはなかったので、翌年からは祭りへの参加はことわり、祭礼費や氏子料云々の支払いをとりやめた。

それから、二十数年後、都会などからの移住者が増えるにつれて、神社と住民との関係も変化し、神社の維持は町内会とは切り離されるようになった。しかしそれでも、毎年、町内会単位で、祭りの行列が町内をまわることには変わりはなかった。やはり、都会でも田舎でも、祭りというものは欠かせないのだろうか。

町内会のバス旅行

移住して三年目、町内会の組長をすることになった。現在では組員の半数近くは移住者であるが、当時は移住者は私ひとりだった。地域に早く慣れるようにとの配慮から、新参者に組長を割り当てるしきたりとのことだった。

町の広報誌の配布、区費の徴収、町役場や警察などからの「お知らせ」、道普請や集会所の掃除などの通知を綴じこんだ「回覧板」の回覧などが、組長の主な仕事だった。その多くは町役場の業務の代行で、選挙があると、投票所入場券の配布も行った（現在は郵送）が、こんなことまで住民に委託することには少なからず疑問を感じた。そのことを妻に話すと、彼女は、「都会では絶対にそんなことはしないわよね。それが田舎流のやりかたなのかしら。それにしても、ちょっと変ね」と、言った。

「経費節減のために町内会が使われているのかもしれない」と、私。

その疑念を区長に話すと、「昔から、そういうふうになっているんですよ」という答えしか返ってこなかった。

年末になると、区長、その他役員、組長など総勢二十数人で、忘年会をかねた旅行があった。組長手当て数千円と自己負担数千円の費用で、鬼怒川の先の温泉で一泊するバス旅行である。それまで「団体旅行」なるものに参加したことはなかったが、なかば強制された感じで、そういうものを初体験するのも面白いかもしれないと、バスに乗り込んだ。静かな田園のなかで、いわゆる「晴耕雨読」の日々を送っている者にとって、驚きの初体験にみちた旅行だった。

バスが走り出すやいなや、全員にカップ酒が配布され、区長の音頭で乾杯した。私もみんなに「協調」して、甘口の酒を喉に流し込んだ。朝の八時だった。

酒の酔いがまわるころ、ひとりひとり歌をうたうことになった。当時はまだ「カラオケ」なるものはあまり普及しておらず、無伴奏の独唱である。前列に坐っている人から順番にうたうように、司会の「区長代理」から全員に伝えられた。まさに私の「悪い予感」的中であった。私の座席はバスの中ほど、刻一刻と歌声が近づいてきた。

クラシック音楽を聴いたり、ピアノを弾いたりするのは毎日の欠かせない日課であったが、歌は中学時代以後、一度もうたったことがなかった。音楽のテストで、題名は忘れたが、クラス全員の前で歌をうたったことがあった。自分としては精一杯の声を出したつもりだったが、うたい終わるや、先生の一言。

「音痴だね」

この言葉以来、人前ではもちろん、ひとりきりのときでも、歌を口ずさむことはなかった。私の人生の一断面を決定づけた音楽教師のひとことだった。音楽教師に限らず、先生や親は言葉には気をつけてほしいものである。

私の順番がしだいに近づいてきた。隣の人の番になった。マイクを手に立ちあがると、こう言った。

「親の遺言で、けっして人前では歌をうたってはいけない、と言われていまして、せっかくですが……」

なるほど、こんな断り方もあるものだ。私は中学時代の「トラウマ」の話をして、その場を切り抜けた。

「歌の時間」が終わり、バスは高速道路を快調に進み、車内に眠気がよどむころ、「映画鑑賞の時間」がはじまった。司会者が用意のビデオテープをテレビに差し込み、画面には、裸の男女がからみあうポルノ映画が映し出された。

宿に着いて、ひと風呂あび、夕食を待つ間、「将棋をしませんか」と声をかけられた。野球チームのキャプテンである。

将棋といえば、小学生のころ兄に教えられて覚えたのがはじまりで、一日に一度は相手をさせられた。兄は、対局相手がほしくて、私に将棋を教えたのであろう。当時、ラジオで「将棋の時間」という番組があって、著名な棋士の対局を実況中継していた。私と兄はラジオの前に将棋盤を置き、「先手2六歩」「後手3四歩」というアナウンサーの声に従って、駒を動かしたり、棋譜をメモしたものだった。時どき兄が、「この手はこういう意味だ」などと説明してくれた。やがて、新聞の将棋欄を読むことが一日の欠かせない日課になって、当時は、ラジオの「将棋の時間」と同じように、新聞でも、前日の指し手を中継しているものと思っていた。一日の指し手はせいぜい十数手で、一局が終わるのに十日ほどかかることになる。実際には、対局は一日か二日で終わっていたはずであるが、前日に起こったことを伝えるのが新聞で、そのころ勃発した朝鮮戦争の戦況についても、将棋の局面についても同様だと思っていたのである。

会社に勤めていたころの大きな楽しみの一つは、昼休みの将棋だった。ほぼ毎日、十二時になると、出前のラーメンなどを食べながら、将棋好きは将棋盤に、囲碁好きは囲碁盤に向うというのが、その会社の昼時の光景だった。会社をやめ、田舎に移ってからは、対局相手もいなくなったが、新聞の将棋欄を読むという日課はつづいていた。

野球チームのキャプテンとの対局は、夕食開始の直前に、私の勝利で終わった。久しぶりの対局、久しぶりの勝利だった。観戦していた人から、私の腕前についてきかれたキャプテンが、「とても強い」と言っているのがきこえた。

広間には、料理の盛られた銘銘膳がならべられ、区長の「乾杯」の音頭で宴会がはじまった。朝のバスのなかでのコップ酒、昼食時のドライブインでのビールにつづいて、その日、三回目の区長の「乾杯」の音頭である。

酒がまわって、あから顔をいっそう赤黒くそめた区長は、銚子を手に、参加者全員に酒をついでまわった。私はすでに手酌でだいぶ聞こし召していたが、ためらうことなく猪口をさしだした。

宴たけなわになるころ、区長は、フィリピンでの戦争体験として、軍隊の「女郎部屋」の話をはじめた。兵舎の近くに小さな小屋がいくつかならび、戦場から帰ってきた兵士たちがその前に行列し、入れかわり立ちかわり小屋のなかにはいり、女たちがその相手をするさまを、なにか昔の悪事を告白するような感じで語った。私は、酔いのさめるような思いで耳を傾けた。

草野球

町内に野球チームがいくつかあって、地区対抗の試合なども行われていることを知り、地元のチームに参加することにした。地域の人たちと交流を深めるためというのではなく、ただ好きなことをしたいという自己中心的な動機からだった。だいたい「動機」というものは自己から発するものであり、他人から与えられるものではない。自分は何をしたいのかわからないといったことを他人に相談する人がいるとしたら、それは「自己喪失」のあらわれにほかならない。喪失した「自己」は自分で探すしかない。

私の場合、野球が好きというか、野球をしてみたいという「自己」を発見したのは、東京の下町に住んでいた小学生のころだった。当時は、空襲で破壊された焼け跡があちらこちらにまだ残っていて、片隅に風呂屋の煙突だけが残った空き地などで野球の練習をしたものだった。夕方、地面が暗くなっても、遠くから打ちあげられるフライはよく見えた。たいていどこでも地平線に沈む夕日を見ることができたのをよく覚えている。

最初に覚えたのは、「ゴロ野球」という「二次元の野球」だった。投手がゴムボールを地面に転がし、打者は親指を手のひらのなかに折り曲げた手で打ち返すというもので、ゴムボールと多少の地面があればどこでもできた。子供たちのいつもの遊び場の路地は、ボールひとつで野球場に一変した。

小学校ではクラスのチームをつくり、私がキャプテンを務め、放課後などに練習をしたが、ボールを投げる、ボールを受けとめる、ボールを追いかける、ボールを打つ、ベースに向かって走る――こんな単純な、ほかには何の役にも立ちそうにもないことを繰り返すうちに、私は野球のとりこになっていた。中学校では、野球部やバスケットボール部で活動したが、しかし、高校ではいっさいのスポーツから手も足も引くことになった。同じ高校に進んだ先輩から、しきりに野球部にはいるように誘われたが、私は断固として断った。

それは、世の中にはスポーツや運動などよりもはるかに面白いことがあることを発見したからだった。まず第一に学校の勉強である。とくに数学と物理、英語。数学の難問を解く快感は、野球でホームランを打つ快感をうわまわり、ペンギンブックスやエブリマンズライブラリーなどの英語の本を読むうちに、自分に何か新しい感性が生れたようにさえ思われた。第二に、小説を読む楽しみである。そのころ、新潮文庫からプルーストの『失われた時を求めて』全十三冊の訳書が毎月一、二冊ずつ刊行されていたが、高校の前の本屋で買い求めては、帰宅後、夕食までの時間をその本とともにすごすという習慣がつづいた。トーマス・マンやフォークナー、ドストエフスキーなど、数えあげればきりがない。

一言でいえば、「精神活動」の快感にとりつかれた自己の発見である。それを阻害するものはすべて拒否することになり、学校の運動会などには参加せず、小学校と中学校を通じて、徒競走ではいつも一着だったこと、運動会の最後をかざるリレー競走でもいつもアンカーをつとめ、一着でゴールインして観戦の両親を喜ばせたことなどを思い出しながら、その日は自宅で読書ときめていた。時間は人間にとってきわめて貴重な所有物、私有財産であって、その使い方は、他の私有財産と同様、本人の専権事項である。人生とは、要するに、時間という私有財産の消費にほかならないのではなかろうか。

こうして、高校時代にはじめて読んだ哲学書、キルケゴール『死にいたる病』の冒頭の「人間とは精神である」という言葉を実感・実践しつつ、「精神活動」最優先の生活が、田舎暮らしをはじめるころまでつづいていた。しかし、スポーツが嫌いになったわけではなかった。私はスポーツは観るものではなく、自分でするものだと考えていた。地元の野球チームへの参加をきめるについては、子供たちとの「庭野球」もひとつのきっかけになっていたかもしれない。

チームへの入会にあたって、選手名簿に、氏名、生年月日のほかに、出身校を記入する必要があるというので、「東京大学卒業」と答えると、集会所に集まった十数人のメンバー一同は顔を見合わせ、一座は一瞬にして凍りついた。メンバーの大部分は地元の高校卒業者で、国立大学卒業者は町内でもひとりふたりと数えるほどなのだという。

翌日、近所のおばさんから、早速、声をかけられた。

「東大なんですってね。でも、東大は、野球は弱いんだべ」

情報伝達の速さにはあらためてびっくりさせられると同時に、そんなことがニュースになる風土に首をかしげた。どうでもいい他人のことへの関心が過剰なのではなかろうか。いや、誰がどの学校の出身であるかは、どうでもいいことではないのかもしれない。

数か月後の初夏、隣町のチームとの対抗試合があって、七番、ライトとして出場することになった。妻と息子が見守るなか、打席に立った。二塁打を打ったキャプテンが二塁にいる。私は小学校以来、ほとんどいつも初球を打つことにしていた。その日も、外角の初球に力のかぎりバットを振った。幸いにもボールは空高く飛び、キャプテンはホームイン、私は二塁ベースの上に立っていた。次の打席でも初球を狙ったが、これはキャッチャーフライにおわった。わがチームの得点は私のタイムリーヒットによる一点だけで、相手チームは七点。五回コールドゲームで試合は終了。

「もっとやりたかったのになー」という言葉とともに、選手全員、集会所にむかった。テーブルの上には、ビール瓶とコップ、湯のみ茶碗とともに、大きな皿に盛られた鰹の刺身がならんでいた。何人かがニンニクをニンニクつぶし器で押しつぶしては、次つぎに茶碗に入れていった。拳ほどの大きさの茶碗の底には一センチほどの厚さもあろうかというたっぷりのニンニクがはいっていた。わが家では刺身はすべてワサビで食べていて、ニンニクで食べるのははじめてだった。

キャプテンの乾杯の音頭とともにビールを飲み干し、茶碗のなかに醬油を注ぎ込み、鰹の刺身にたっぷりニンニクをつけては、口にはこぶ。舌を刺激するニンニクの辛味と肉厚の刺身の食感が口のなかいっぱいにひろがる。はじめて体験する美味だった。

日本でも有数の鰹の水揚げ港、勝浦をひかえた外房地域の夏は鰹である。わが家でも、初夏から秋にかけては、ほとんど毎日といっていいほど食卓に鰹の刺身がならんだ。

しかし、それにしても、この豪快な食べ方は、唯一の得点をたたきだしたタイムリーヒットに劣らず、その日を記念する特記事項となった。「カツオ記念日」とでもいうべきか。それ以来、わが家では鰹の刺身は、ニンニクで食べるようになったのはいうまでもない。

夏から秋にかけては、毎日曜日に早朝の練習がある。対抗試合より楽しいのは、練習である。試合では打席はなかなかまわってこないし、まわってきても初球で凡打で終わることもあるが、練習では、思う存分バットを振ることも、球を追って思う存分走りまわることもできる。朝の六時ごろ、町内の野球場にメンバーが集まり、打撃と守備をかねた練習がはじまる。練習といっても、本格的なものではなく、ひとり数分の間隔で交代しながら、打者が投手の投げる球を打ち返し、それを守備陣が捕球するという、小中学校時代、昼休みの校庭でやっていた「野球ごっこ」のようなものだった。

打った球が草むらにはいる。みんなで探しに行く。なかなか見つからない。キャッチャーをしていた私も、汗まみれのマスクをはずして草むらにはいる。あちらこちら、草むらのなかを這《は》い蹲《つくば》るメンバー。草を掻き分けボールを探す、と思いきや、手には草の束。三つ葉である。ボールは見つからなかったが、全員、両手いっぱいの三つ葉。わが家でも、朝の味噌汁にいただいた。これぞまさしく「草野球」。

田舎の葬式

移住して数年後の秋のある晴れた日、葬式の手伝いに呼び出された。最近とは違って、葬儀にも「相互扶助」の精神が適用され、集落の住民の奉仕活動で行われていた。どのような基準で選ばれたのか不明であるが、朝の八時、普段着の十数人が、小高い山並みを背景にひろがる田圃のなかの一軒家の庭に集まった。故人は俳人だというが、私は一面識もなかった。

葬式の手伝いといっても、いったい何をするのか、見当がつかなかったが、リーダーとおぼしき人のあとについて、近くの川沿いの竹やぶへ行き、細い竹を五本、それから、小高い山で太い孟宗竹を一本、伐採した。

竹やぶからはじまる葬式とはまったく予想外だった。何から何まで新たに用意するらしい。まず、孟宗竹を切って、花立をつくる。仏前にそなえる花をいれるのであろう。建具屋がノコギリをひいて、花立を置く台を作っていた。

地区の長老とおもわれる老人が紙に包んだ人形《ひとかた》の見本をもってきて、これと同じものをつくるようにと言った。私たちは、庭のテーブルで、その見本にあわせて、半紙と色紙から羽織と袴のような形をハサミで切り抜き、糊で貼り合わせた。長老は、その人形に、筆でこう記した。

「一名上行菩薩」

「二名無辺行菩薩」

「三名浄行菩薩」

「四名安立行菩薩」

「菩薩」は修行者、悟りを求める者という意味であることは知っていたが、その読み方も、個々の菩薩の意味や背景、出典なども皆目見当がつかなかった。これらの謎のような言葉の意味がわかったのは、十数年後、釈迦の最後の説教とされる『法華経』を通読したときのことだった。その第十五章「従地涌出品《じゅうじゆじゅつほん》」（菩薩たちが大地の割れ目から出現した、という意味）には、こう記されている。

釈迦が説教していると、大地一面に亀裂が走り、地底に住んでいた菩薩たちが地から涌《わ》き出して、宙に浮かび、そのなかのすぐれた四人の菩薩に、釈迦は、末世の人びとに『法華経』を伝える使命を託した、と。

『法華経』のなかでもっともイメージゆたかな、ファンタジックな場面である。日蓮宗の開祖、日蓮は、みずからを「上行菩薩」の再臨と自覚したという。「一名……」「二名……」は「一人目は……」「二人目は……」という意味で、それぞれ「じょうぎょうぼさつ」「むへんぎょうぼさつ」「じょうぎょうぼさつ」「あんりゅうぎょうぼさつ」と読むこと、また、それぞれ四菩薩の資質を示す言葉で、「上行」は「殊勝な行為」を意味することなども知った。

長老は、これらの文字の記された人形を四本の細長い竹の先につるした。かたわらでは、この家の親戚と思われる人が、「子供たちにもちゃんと伝えておかなきゃいけないな」と言いながら、これらの言葉をメモしていた。自分の葬式のときのためなのだろうか。

それから、もう一本の竹で蛇をつくることになった。蛇といっても頭の部分だけで、まず、竹の皮二枚で上顎と下顎をつくる。これに和紙を貼り、赤い紙でこしらえた上下の歯と、短冊に切った赤い紙のヒゲ、さらに、和紙を丸めた目玉を三つ貼りつけ、うろこ状の模様をマジックインキでかいた筒状の和紙を蛇の首のあたりにつける。この蛇のつくり方を知っているのは二、三人しかいない様子で、「ここはこうする」「いや、こうするもんだ」と言いながら、紙を切ったり、貼りつけたりしていた。例の親戚と思われる人は、スケッチをしながら、メモを記していた。私も、めったに見られないこの田舎の葬式の様子を事細かにメモしていた。

ふたたび長老の登場となり、あたらしい四枚の人形に筆書きした。

「開仏《かいぶつ》知見《ちけん》」

「示《じ》仏《ぶっ》知《ち》見《けん》」
「悟《ご》仏《ぶっ》知《ち》見《けん》」
「入《にゅう》仏《ぶっ》知《ち》見《けん》」

これも『法華経』の第二章「方便品《ほうべんぽん》」(巧妙な手段、という意味)にある言葉で、仏がこの世に現れたのは、世の人びとに仏の智慧(仏知見)を開き、示し、悟らせ、仏の道に入らせるためであるという意味である。これら「四仏知見」が記された人形が蛇の頭からつるされて、葬儀の準備はほぼ終わった。

その間、喪服姿の人びとが祭壇のもうけられた大広間に参列し、十時ごろ、出棺となった。手伝いの人たちも参列者とともに霊柩車を見送り、しばらくして、庭に敷かれた筵の上で昼食となった。私のメモ帳にはその献立が記されている——人参、牛蒡、蒟蒻、蓮、厚揚げの煮しめ、鯖の煮付け、豆腐、味噌汁、ご飯、酒一升。

このあたりの風景の中心は、何といっても田圃である。田植えしたばかりの青青としたひろがり、稲穂が風にそよぐ波打つ草原、稲の切り株が整然とつらなる大地。季節季節で変容する、その広広とした空間を目にするだけで、心が落ち着き、おだやかになる。それこそ田舎に住む最大の賜物である……と、こころよい眠気を感じながら、大きなケヤキの根本で横になっていると、入り乱れた足音とともに、「おっこっちゃったよ」という声がきこえてきた。

どうやら、火葬場から帰ってきた人たちを乗せた車が田圃に落ちたようだ。手伝いの人たちが立ちあがり、六、七人がかりで脱輪した乗用車をもちあげた。遺族と参列者、それに手伝いの人たちが庭に勢ぞろいすると、お骨を墓に運ぶことになった。

四人の手伝い（そのなかに私もいた）が庭の出入り口で四菩薩をつるした四本の竹を捧げ持ち、そのまわりをお骨を抱いた人が何回もまわった。それが終わると、四菩薩が先頭になって、行列が動きはじめた。お骨を抱いた人の頭上に四仏知見がつるされた蛇がさしのべられ、提灯、太鼓、参列者とつづき、ときどき太鼓の音が静かな大地に響き、人形が風にゆれ、竹の葉がさわさわと音をたてる。

その時は、この葬列の意味あいについて考える余裕もなかったが、いま振りかえってみると、そこには仏教からの意味づけが込められていたように思われる。先頭に立つ四人の菩薩が葬列を導き、お骨を抱いた人の頭上で舞う四枚の仏知見の人形は、故人の上に仏の恵みがありますようにという願いをあらわしているのであろう。

故人の家から歩いて数分のところに寺はあった。寺の墓では、白いさらしを腰に巻いて「隠《おん》坊《ぼう》」に扮した人がふたり待っていた。手伝いに集められた人たちである。墓には四角い穴が掘ってあって、お骨をそのなかに安置し、蛇や竹、人形などを投げこみ、「隠坊」が土をかぶせる。参列者が次つぎに焼香し、葬儀は終了した。

私は、手伝いの人たちとともに故人の家に引きかえし、自転車に乗って帰ろうとすると、誰かが私の肩をたたき、庭の片隅を指差した。そこには、高さ一メートルほどに包装された大小の箱が積まれ、その上に風呂敷がかけられていた。労働奉仕へのお礼のようだった。私は、風呂敷で箱を包もうとしたが、包みきれず、自転車の前後の荷台に分け、ロープで何重にもしばりつけてようやく運べるように収まった。まわりの人を見ると、大きな段ボール箱を後ろの荷台に用意していて、難なく箱をそのなかに入れ、風呂敷をかぶせてロープでしばっていた。こうすれば田圃のあいだのでこぼこ道も安全走行可能だ。葬儀の手伝いを経験したことがあるのであろう。帰りにこんな大きな荷物を持たされるとは、予想外のことだった。

家に帰って包み紙をあけると、ふたつの大きな箱の洗剤、お茶、石鹼、削り節、タオル、三合壜の酒があらわれた。

私にとってただ一度の田舎の葬式の体験だった。自宅のすぐ近くののどかな田園に葬られるのもいいかもしれないと思った。しかし、それから三十数年後、自分には墓は必要がない、長年住みなれ、いままでは自分の故郷と感じているこの大地に遺灰を戻すほうがいいのではないかという気がする。

第五章　備えあれど、憂いあり

川の近くに住むということ

移住するにあたって、親戚の叔母から、

「どんなところなの？」と訊かれて、

「田圃にかこまれ、近くに川が流れている、風景のいい広広したところです」と答えると、

「えっ、川の近く？　どれくらい離れているの。だいじょうぶかしら」と叔母。

「川から敷地まで百メートルくらいかな。何がだいじょうぶなの？」

「何がって、水よ！」

「水？」

「水が出ないかってことよ。洪水！」

叔母は、親戚のあいだでは、「疑り深い心配性の叔母さん」と呼ばれていた。五十代で、そのくらいの歳になると、人生経験豊富で艱難辛苦に通じ、すべてを「疑い」と「心配」の窓から覗く習慣がついているようだった。たとえば、ネコを飼っているという話をするや、ネコか

ら何か悪いばい菌を移されるのではないかと心配してくれたことがあった。そのときは、ネコより、人間のばい菌に気をつけたほうがいいのではないかと答えて切り抜けた。

ところが、家を建てる前に何度か現地に足を運んだある日、敷地の草刈を頼んでいた近所の人から、衝撃的な情報を得ることとなった。何と、あの叔母の心配を裏書するように、これから家を建てようという場所は、これまで何度も洪水に見舞われたことがあった、というのである。

これは一大事と、近所の人に話を聞いたり、当時の新聞を調べたりして、その五年前の一九七〇（昭和四十五）年、「大阪万博」の年の七月一日、夷隅川が氾濫し、甚大な被害をもたらしたことがわかった。土地の人はそれを「ナナイチ」と呼んで、深く記憶に刻んでいた。夷隅川とその支流は勝浦市と大多喜町を源流として、蛇行に蛇行をくりかえして、わが家の近くで合流し、平坦な水田地帯をさらに蛇行して、九十九里浜の最南端、太東岬《たいとうざき》で太平洋に注ぐ。「ナナイチ」では、集中豪雨によって上流から下流にかけて一面に氾濫し、多くの家が床上・床下浸水し、山崩れや崖崩れで死者も出て、濁流のなかを流される牛の姿が目撃され、とくに被害の激しかった大多喜町には当時の首相、佐藤栄作も視察に訪れ、夷隅町と大多喜町に「激甚災害」が適用された。近所の人の話では、わが家のあたりは一面、海のようだったという。大多喜町の測候所の観測では、七時間のあいだに三百四十六ミリ、一時間の最大雨量は百十六ミリを記録した。いずれも当時としては最大級の雨量である。

その翌年にも、洪水があった。九月はじめ、台風二十五号による豪雨で、川はほぼ全域で氾濫し、床上浸水戸数は「ナナイチ」を上回ったという。この時は、勝浦で三日間の合計雨量が五百五十七ミリ、最大一時間雨量は百二十二ミリに達し、前年同様、わが家のあたりは「一面の海」と化したという。

「一面の海」――その言葉から小学生の頃に目撃した情景が脳裏によみがえってくる。住んでいたのは荒川区町屋の低地地帯である。小学校の広広した校庭を囲む堤防に接して流れる荒川まで、家から約四百メートル。毎朝、近所の友達と連れ立って、道沿いの小川に笹舟をうかべながら登校したものだった。ある日、雨が降りつづく真夜中に暗闇で目を覚ますと、何か体が浮いているような感じがした。手をのばすと、ピチャと水の音。畳が浮きあがって、布団ごとゆらゆらと部屋のなかを漂っている様子。

「二階へ行きなさい」という母の声。子供たちは、濡れた枕をかかえて、足を水で濡らしながら、階段をかけのぼった。なぜ濡れた枕などを持って逃げたのかよくわからない。まだ眠くて、枕が必要だと思ったからなのか。こんなふうに寝床からいきなり逃げ出すのは、その何年か前の戦争中、夜中に空襲警報で防空壕に逃げ込んで以来のことである。その時も、枕をかかえて逃げ込んだのかもしれない。記憶は途切れ途切れで、鮮明に覚えているのは、翌朝、まぶしい朝日で目がさめ、二階の窓から見た光景である。いつも「ゴロ野球」などをして遊んでいた路地から大通りまで、見渡すかぎり、一面の海、というより、「一面の川」だった。その「川」で泳いでいる人もいた。畳が何枚も流れていた。まだ「川」は流れている様子だった。

昼すぎ、親戚の叔父さんが、大きなスイカを抱えてやってきて、みんなでスイカを腹いっぱい食べたことはいつまでも忘れなかった。やがて水が引き、「川」は消え、わが家の庭には何枚もの畳が残され、その処分に大人たちが苦労したことも、よく覚えている。母は、この大水の話になると、まだ水が引かないうちに畳を庭の外に流しておかなかったことをいつも残念がった。そうしておけば、畳は水とともにどこかへ流れ、後始末の手間が省けるわけである。私は小さいながら、これを大水の教訓として心に銘じ、いまだに消えることのない記憶となった。

後に調べたところ、この水害をもたらしたのは、一九四七（昭和二十二）年九月十五日、房総半島をかすめて三陸沖に北上したカスリーン台風で、大雨によって利根川と荒川が氾濫し、関東から東北にかけて、死者千名以上、損壊家屋九千棟以上、浸水家屋三十八万棟という甚大な被害があったこと、荒川の上流の秩父では二日間に六百ミリの豪雨があったことなどを知った。幸いというか、房総地方では特筆されるような被害はなかったようである。

記録は破られるためにある

「ナナイチ」やその翌年の洪水について、不動産屋も地主も知っていたにちがいない、私にはひと言もなかった。「ナナイチ」については、新聞で大々的に報道されたはずであるが、まったく目にした記憶がなく、後に図書館で調べてはじめて詳細を知った。「ナナイチ」を知っていれば、土地の購入を断念したことであろう。

しかし、住んでいた家を売り、土地を購入し、新しい家を建てるところまで話が進んでいる段階では、もう後戻りはできない。早速、家の設計を依頼した生田さんに相談し、ともかく、あらためて現地を視察し、対策を考えることにした。

「いったいどのあたりまで、水は来たんですか」と、生田さんは、近くの田圃の持ち主の山代さんに訊いた。

「この田圃は、ナナイチのときも、それ以前も、一度も水がついたことがねえっぺ」と、山代さん。語尾に「っぺ」をつけるのはこの地方独特の言葉遣いである。

山代さんが指差す田圃は、わが家の敷地から空き地を隔てて、三十メートルほど南にあって、少し地面が高くなっていた。

測量の結果、家の基礎の高さを一・五メートルほどにすれば、夷隅川の最大級の氾濫でも、床上浸水のおそれはないと判断された。これでひとまず安心ではあるが、安心と引き換えに不便も生じた。家の出入りに、何段もの階段を上り下りしなければならなかったのだ。

「これも体を鍛える試練ね」と妻は言った。

わが家の近くでは、普段の夷隅川は水量がほとんどなく、ところどころで水底の岩などが露呈していた。河口付近をのぞいて堤防はなく、川の両側はなだらかな傾斜面で、竹やぶ、スギやヒノキの林、田圃などを経て、人家や道路へと通じている。いろいろ調べたところ、川底からわが家の敷地までの標高差は、約二十メートルはあると推定された。五階建てのビルの高さである。まさか川の水がその屋上を越えるなどということは、私の想像を超えていた。

増水した川はどのように「変貌」するのであろうか。近くに苅谷橋という橋があって、雨の降った日には、車でここを通るたびに川の流れの様子を観察することができる。川は苅谷橋から下流方向へ右側にゆるやかに湾曲していて、水量の少ない時には、湾曲した先の流れは竹やぶに遮られて見ることができないが、一日の雨量が百ミリを超えるような大雨の時には、水面は竹やぶを越え、川幅は数倍以上にも広がり、流れは一直線になって、はるか遠くまで見渡すことができた。小川が大河に一変したような光景で、増水した川は、流れの中央のあたりが盛りあがり、その様は筋骨たくましい長い腕のように見える。

大雨で川が増水しても、「ナナイチ」を超えるようなことはあるまいというのが、山代さんをはじめ、地元の人びとのほぼ一致した見方であった。家の基礎を高くすれば、床下浸水はあっても、床上まで浸水することはなかろうと、ひとまず「備えあれば、憂いなし」と安心し、そのことを友人に話したところ、彼はこう言ったのである。

「記録は破られるためにある」と。

洪水は五階建てのビルどころか、六階建て、七階建てのビルを越え、わが家は水浸しになるかもしれないというのである。

私の楽天的にして希望的観測は一挙に砕かれ、「備えあれば、憂いなし」は、「備えあれど、憂いあり」に一変した。

洪水の夜

人間の生活にとってもっとも大切なのは、安心と安全である。安心は心の状態をきめる主観に、安全は外界の状態をきめる客観に属し、「備え」は後者に、「憂い」は前者に依存する。この両者が損なわれるや、寝ても覚めても、不安につきまとわれることとなる。このような不安を抱えた男の話が、中国の古典『列子』にある。

杞《き》という国に、天が落ち、地が崩れて、住む場所がなくなるのではないかと心配して、夜もろくに眠れず、食事も喉を通らないという男がいた。その男の様子を見て心配する男があらわれ、けっして天が落ちたり、地が崩れたりするようなことはないと諭した。これを聞いて、男は心配ごと（憂い）がすっかり解けて大いに喜んだ。杞の国の男の憂いというところから、取り越し苦労を意味する「杞憂」という言葉が生れたが、この話には続きがあって、「杞憂」について、ふたつのコメントが記されている。ある学者は、天地の崩壊はけっしてありえないことではなく、「杞憂」にも一理あると述べ、列子先生は、人間には未来のことなどわかるはずもなく、天地は崩壊するかもしれないし、崩壊しないかもしれない、そんなことに心を悩ますのは無駄なことだと断ずる。

しかし、人間の心は無駄なはたらきに満ちている。妄想にまったく無縁な人はいないであろう。そんなことは考えても無駄だ、とわかっていても、無駄なことを考えずにはいられないことがある。人間は生きているかぎり、そして、考える能力があるかぎり、未来のことを考える。良い未来もあれば、悪い未来もある。悪い未来の想像はかならず「杞憂」を生む。

こうして、毎年、梅雨時から九月、十月頃まで、大雨が降るたびに、川の増水が気がかりになり、とくに台風が発生するや、その進路に一喜一憂するという日々がつづくこととなる。

地元の人から、十年に一度は洪水になると言われ、こちらもその覚悟でいたが、何事もなく十年が過ぎ、二十年が経過するうち、わが家に大きな変化があった。移住して十五年目の夏、四半世紀のあいだともに暮らしてきた妻のシゲコが乳癌のために亡くなり、それから数年後、私は、シゲコが入院していた静岡県浜松市郊外の「聖隷ホスピス」で知り合った看護婦のカオルと結婚した。息子のキョウは、ひとりで東京に住んで大学に通っていた。

カオルと新しい生活をはじめた一九九六年の九月上旬、台風十七号がフィリピンの東海上で発生し、発達しながら北東に進んでいることを知り、いつものようにテレビや新聞の気象情報でその進路を見守っていた。台風は九月二十日あたりから速度を上げ、ほぼ一直線に本州の南岸に沿って北上し、予想進路は、関東地方沿岸に接近ないし上陸を示していた。関東地方に甚大な被害をもたらした過去の台風がたどった最悪のコースである。

九月二十二日は、明け方からの激しい雨音で目が覚める。テレビの気象情報によると、台風は強い勢力を維持して房総沖に向かっているとのこと。当時はまだパソコンを使っていなかったので、現在のようにインターネットから最新の気象情報を得ることはできず、テレビの台風情報だけが頼りである。昼すぎの情報では、激しい風雨のため、東海道新幹線をふくめ、首都圏の鉄道はほとんど運休し、外房線と内房線、それに地元のいすみ鉄道も運休。テレビには、東名高速道路のバイパスで横転したトラックが映し出されていた。

朝から雨はまったく途切れることなく、ますます激しく降りつづき、屋根を打つ雨足はいっこうに衰えることがなかった。その激しさは、真夏の夕立にも匹敵した。夕立の場合、降るのはほんの一時《いっとき》、長くても二、三十分ほどであるが、その日の雨は、ほぼ半日ものあいだ止むことがなかった。半日ものあいだ激しい夕立が続いたのである。後に調べたところ、大多喜の測候所では、午後〇時から三時間に百三十一ミリもの降水量が記録されていた。雨が小止みになったのは四時すぎのことで、これほど長時間にわたる大量の降水を体験したのは、生れてはじめてのことだった。雨が小止みになるのと同時に、それまでは一面に薄黒く見えていた空のあちらこちらに濃淡があらわれ、雲の動きが見てとれた。厚い雨雲がちぎれたのであろうか。強い北風が西風にかわり、さらにしばらくして南寄りの風になった。台風が北東に遠ざかっていったのであろう。

庭を見ると、池のようになっている。庭の畑の畝のあいだに水がたまり、そのうち、畝も水没。ネギが水の上に首を出しているのが見える。どうやら、庭は水没か。

七時前、「ピーンポーン」と玄関のチャイムが鳴る。ドアを開けると、近所の藤間《とうま》さんが消防団の服を着て、立っている。

「何か用ですか」と訊くと、

「用ですかではないですよ、水が上がっていますよ」

外に出て、あたりを見まわすと、地面に水が流れている。

「車を移動したほうがいいですよ」と藤間さん。

水は西から東へ、夷隅川から支流の落合川の方向に流れている。

「これ、水が引いているんじゃないんですか」

「いや、もっとあがって来ますよ。山からの水が来ますよ」

車のタイヤが半分ほど水没。マフラーすれすれのところまで水が来ている。車の移動にためらう私を見て、「私がやりましょうか」と言う藤間さんに促されて、私は車を、ここまでは水は来ないというあたりの道端まで移動した。車を止めて、ハンドブレーキをかけようとしたところ、すでにブレーキはかかっていた。動揺してハンドブレーキをかけたまま車を発進したのであった。

家に戻ると、居間の食卓には夕食が用意されていたが、私には食事どころではなかった。といって、何をしたらいいのかわからない。とりあえず食卓に向かい、いつもの晩酌をたしなむ。「こういうときはしっかり食べておかないと、いつ食べられるかわからないの。しっかり食べておいて」とカオル。いつも緊急事態にそなえていなければならない看護婦にとって、定時に「しっかり食べる」ことが仕事を全うするための必須条件なのだという。彼女はいつものようにてきぱきと残さず食べている。毎晩二合ときめていた晩酌を追加するが、いつもの酔い心地にならない。

雨は止んでいたが、西から東への水流は勢いを増したように見える。垣根のあいだを波打つ流れが小枝や木の葉などを従えて進んでくる。山からの水がここまで来たのだろうか。裏庭の井戸の蓋が水没する。玄関の階段の一段目も水没し、水は二段目に這い登ろうとしている。階段は全部で五段ある。一番上まで来たら、最悪の床上浸水を覚悟しなければならない。

その間も、消防団の人たちが三十分おきぐらいに見回りに来て、避難を呼びかけるが、洪水を最後まで見届けておきたいという気持から、避難はしないことにした。

雨戸をあけ、庭を見渡すと、月が池のようになった水面を照らしていた。空は台風一過の星空。オリオンが東の空に横向きになって昇っている。

ようやく十時すぎ、水の流れはとまり、最高水位に達したようだ。玄関の階段の二段目を越えたあたりで水は停滞している。雨が止んで五時間ほどである。十一時ごろ、消防団の最後の見回りがあった。団員の人たちに缶コーヒーを渡して、労をねぎらった。水が完全に引くまで、さらに三時間ほどかかり、その間、いくたびも庭や道路を歩きまわっては、水位の減少を確かめつづけた。

その日、一九九六年九月二十二日の一日雨量は、勝浦で三百二十六ミリ、大多喜で三百六十五ミリ。いずれも現在に到るまで、観測史上一位の記録である。「ナナイチ」の際の数値を上回り、友人が言うように、記録は破られたのである。しかし、山代さんの田圃は無事で、洪水の水位については、いまのところ記録は破られていない。因みに、この台風十七号による被害は、千葉県を中心に、死者十三名、負傷者九十六名、床上浸水二千九百棟、床下浸水一万十八棟に上っている。わが家と同じような状況に見舞われた、同じような不安な夜をすごした家が一万軒以上もあったのである。

私とカオルは明け方のオリオンを見ながら、九月二十二日を記念して、この洪水を「キュウニイニイ」と命名した。

二度目の洪水

床下浸水とはいえ、濁流の通過によって、思いもかけない被害があったことを少しずつ知ることとなった。まず、一面に泥で覆われた庭、とくに畑である。ダイコンやコマツナなど、すべてなぎ倒されたように地面にひれ伏し、泥色に染まっている。緑色を取りもどすまで一週間以上もかかり、ほぼ枯れてしまった。タマネギの種をまいたプランターは行方不明となり、二週間ほどして雑木林の草むらから発見されたが、発芽しはじめていた苗はすでに枯れていた。

木の柄のスコップとレーキは濁流のなかからからくも拾いあげたが、竹箒は流失し、行方不明。薪ストーブ用に積みあげておいた薪は、一山ごとなくなっていた。これは、雑木林のハンノキの根本にひとかたまりになって積みあがっていた。シイタケ菌を駒打ちした原木や、梯子、ポリバケツなどは無事回収することができた。最大の被害は、物置に置いてあった草刈用のエンジン刈払機が、泥水をかぶって使えなくなったことだった。それ以来、電動工具やエンジン機器は水につかるおそれのない高い場所に置くことにしたのは、面倒ではあるが、もっとも確実な「備えあれば、憂いなし」の実践だった。

「天災は忘れた頃にやってくる」という言葉が流布しているが、私たち（私とカオル）は「キュウニイニイ」をけっして忘れることはなかった。激しい雨が降るたびに、台風が来るたびに、「キュウニイニイ」は私たちの脳裏を去来し、「備え」を固めた。まず、車を移動する、流されそうなものは高いところに避難する。それだけのことである。今さら家の基礎を上げるわけにいかないのは言うまでもない。

「キュウニイニイ」の記憶もまだ新鮮な八年後の二〇〇四年、次なる「天災」がやってきた。十月四日、フィリピンの東海上で発生した台風二十二号は、「キュウニイニイ」の台風とほぼおなじ経路をたどって本州に接近し、前線の影響によって、八日から九日にかけて、東海地方から関東地方南部は大雨となった。

九日の朝、七時すぎ、新聞を取りに玄関のドアをあけると、北側の道が小川のようになっている様子が目にとびこんできた。またもや夷隅川の氾濫。水はまだわが家の敷地までは来ていない。しかし、これから台風本体がやってきて、さらに大雨が降るのはまちがいない。車を安全な場所に移動して家に戻ると、靴が水没するほど水位が上昇しているのがわかった。流れそうなものはすべて前日に高いところに移動しておいた。

十一時ごろ、水位は玄関の階段の一段目のなかほどまで上昇したが、これが最高水位で、前回より十センチほど低かった。やがて水が引きはじめると、電柱の下の地面がもりあがっている場所に、薄茶色のウサギがうずくまっているのが見えた。濁流に流されて来たのであろうか。ネコほどの大きさで、そこにじっとして、動こうとしない。

時どき激しい雨がつづいていたが、午後三時ごろ、庭の地面が見えはじめ、四時すぎには、水はほぼ引き、いつのまにかウサギの姿は消えていた。ちょうどそのころ、台風は伊豆半島に上陸し、東京湾を北東に進むという、房総地方にとっては最悪のコースをたどることとなった。やがて雨は上がったが、台風の最接近によってさらに大雨が予想され、ふたたび川が増水し、泥流に閉じ込められることを覚悟した。心の不安を鎮める最良の方法は、最悪の事態を覚悟することである。最悪よりも悪いことは起こらないからである。

テレビでは、すでに夷隅町の水害の様子が報道されていた。床上まで浸水した家や水没した橋、冠水して不通となったいすみ鉄道などを目にして、被害の大きさを知った。テレビで水害を知った、息子のキョウや親戚からの安否を気遣う電話には、「いまのところたいしたことはない」と答えたものの、なによりも気がかりなのは、接近中の台風である。しかし、幸いなことに、風雨は衰え、生暖かい風が吹きはじめ、台風は千葉市を通過して、成田市から鹿島灘へと抜けたことを知り、落ち着いた気分でカオルと晩酌を楽しむことができた。

その夜のテレビで、東京では地下鉄のホームが浸水し、横浜では駅周辺の川が氾濫し、地下の飲食店が浸水するなどの被害があったことを知った。

十月九日の雨量は、勝浦で二百二十二ミリ、大多喜で二百五十一ミリで、前日の数値と合計した二日間の雨量は、それぞれ、三百数十ミリとなる。前回はこれとほぼ同じ雨量が一日で降ったが、降水の集中度の違いが、洪水の水位の差となってあらわれたのであろう。

翌日、川の様子を見に行くと、スギなどの流木や竹が川岸に積みあげられ、肥料がはいっていたと思われるビニール袋やぼろきれがあちらこちらの立ち木から垂れ下がるなど、濁流の痕跡が散在していた。まだ勢いを失わない泥流は、所どころで渦を巻きながら、ひたすら下流に向かっていた。目の前のスギの枝の、私の頭を越える高さのところに布切れのようなものが引っかかっていた。そこまで水が来たのである。対岸の木の枝の高いところに、同じようなぼろきれがぶら下がっている。

そして、何より驚いたのは、川岸の竹林が数十メートルにわたって、ごっそりと抜け落ちたようになっていたことだった。流れに運び去られたのであろう。流失を免れた竹やぶは、根の部分がむき出しになっていて、根の下の土はえぐり取られていた。竹やぶが流されて、崖崩れのような状態になっている場所が何か所もある。竹が生えているところは地面がしっかりしていると言われるが、実際にはそうではなく、せいぜい数十センチの深さしかない根が激しい水流に洗われると、竹林はひとかたまりになって流失することを示していた。

もっとも危惧されるのは、ふたたび豪雨があれば、崖崩れ状態の場所はさらに崩れ、それはしだいに住宅地や農地、道路のほうへと広がるのではないかということだった。そして、崩れ落ちた土砂は川の流れを塞ぎ、洪水を促進するかもしれない……。

護岸工事

戦後間もないころからこの地に住んでいる農家の山代さんの話では、大雨があるたびに、県の職員が夷隅川の川岸の様子を舟から調べるのだという。そういえば、今回の崩落現場の対岸には、木や草で覆われているが、コンクリートで改修された痕が窺えた。「ナナイチ」の際に崩れた部分を改修したのだという。そのときはこちら側の土手は無事だったようだ。「ナナイチ」から三十四年、こんどはこちら側の番である。

まず地質調査が行われ、護岸工事がはじまったのは、水害から一年以上も経った、翌年の十一月のことで、まず、県道から工事現場の手前まで鉄板が敷かれた。延々と鉄板が敷かれた道路を目にするのは、一九六四年の東京オリンピックのために、地下鉄工事や河川を暗渠《あんきょ》にする工事などで、都心のいたるところに「鉄板道路」が出現して以来のことだった。車で通るときの、ゴトゴトつぶやく振動音や揺れ、雨ですべりやすくなった乗り心地などを思い出す。

工事現場は、竹やぶとスギ林でおおわれていたが、竹やぶはユンボで押し倒され、雑木林はチェーンソーで切り倒され、均された地面に次つぎと鉄板が置かれていった。こうして、それまでは踏み入ることもできなかった竹やぶと雑木林は姿を消し、幅四メートルほどもある広い平らな道ができあがった。

私はほぼ毎朝、工事現場を見に行き、そのうち作業員と顔なじみになり、切り倒されたスギの丸太を薪ストーブの薪にするためにもらったり、工事関係の専門用語を教えてもらったりしたが、いまでも覚えているふたつの言葉がある。

ひとつは「丁張《ちようはり》」という言葉である。『日本国語大辞典』(小学館)にも『広辞苑』(岩波書店)にも出ていない言葉であるが、建築・土木工事では欠かせない作業をさす用語である。たとえば、家を建てる場合、まず最初に、基礎の位置や幅、高さを確定するために地面に打った杭に糸を張り、これに従ってコンクリートを流し込む木枠を固定する。道路工事では、道路の位置や高さなどを、護岸工事では土を削り取ったり、積みあげたりする法面《のりめん》(斜面)を示すための作業が「丁張」である。なぜ「丁張」というのか、その語源は不明であるが、作業の位置を示す糸を張るところからつけられた言葉ではなかろうか。

斜面につくられた「丁張」に従って、ショベルカーが土を削り取りおわると、次の用語「鋼矢板」の出番である。下辺のない台形のような断面をした、数メートルはあろうかという細長い鋼鉄製の板である。木製や鉄筋コンクリート製もあるが、鋼鉄でできているのでこう呼ばれる。これを法面の一番下の川底に、クレーン車からつるした杭打機で一列に打ち込んでいく。

　私は日参しては、はじめて目にする工事の一部始終をメモし、写真に撮った。カオルもときどき視察に現れ、ネコのソラも私たちのあとについてきた。「一家」総出の工事見学である。

「鋼矢板」の杭打ちがおわると、その周囲に木枠がつくられ、鉄筋が張りめぐらされ、コンクリートが流しこまれ、護岸の基礎ができあがる。そして、栗石《ぐりいし》（直径十センチほどの石）が一面に埋めこまれた法面に、一メートル四方ほどのコンクリートの板（作業員は「タイル」と呼んでいた）が敷きつめられ、目地はセメントで塗りこめられ、さらに、法面の上端が幅二メートルほどコンクリートで舗装された。こうして、工事開始から約五か月後の二〇〇六年三月末、高さ約十メートル、全長約百五十メートルの護岸が完成した。

「いい散歩道ができたわね」と、ソラも同席の上、カオルと私は真っ白な護岸道路から川を眺めながら缶ビールで乾杯した。

　ところが、その年の十月から十二月にかけての大雨で、なんと、このできたばかりの護岸が崩壊してしまったのである。護岸道路と法面は窪んで土砂がむき出しとなり、タイルが川のなかに散乱という有様。無傷だったのは約四十メートルの部分のみ。山代さんの話では、このあたりは水を吸収しやすい砂地で、水分をたっぷり含んだ砂地が水の引くときの力で水流に巻きこまれたのだという。崩落しなかったあたりは山代さんの田圃に接していて、粘土で固められている田圃は水を吸収しないので、崩れなかったようだ。そういえば、大雨のあと、その田圃のあたりからだけ、何日も水が川に流れこむのを目撃したことがあった。

そして、ふたたび護岸工事である。またもや鉄板道路、ユンボ、ショベルカー、クレーン車の登場となり、川から一枚一枚、タイルが引きあげられ、法面が整えられ、今度は、タイルではなく栗石が敷きつめられ、その上に金網が張られた。こうすれば、砂地の吸収した水は容易に排水されるというわけであろう。

それから八年、他の部分の河川改修も進み、台風や大雨は何度もあったが、幸い、わが家周辺では水害にいたることはなかった。護岸工事現場には草や木が生い茂り、工事の痕はほとんど目にすることはできない。もちろん、散歩道路どころではない。昔の風景がよみがえったとでも言えようか。

大雪の夜

水害は下から来るものとばかり思っていたが、必ずしもそうではないことを思い知ったのは、房総地方に記録的な大雪が降った二〇一四年二月のことであった。わが家はなんと「上からの水害」を蒙ったのである。

房総地方に雪が降るのは、年に数回ほどで、降っても積雪を記録するのはまれであるが、その年の二月は、月の半ばまでになんと四度も積雪をともなう降雪があった。そんな年ははじめてであった。雪の少ない地方では、雪が降るとなにか華やいだような気分になり、一面に白く塗りつぶされた風景を眺めてあきることがなかった。しかし、それも三、四日おきに繰り返されるとうんざりしてくる。二月四日の雪につづいて、八日から九日にかけての大雪では、千葉市で観測史上一位の三十三センチの積雪を記録した。その残雪がまだ残る十一日にも早朝から雪となり、そして、十四日から十五日にかけての豪雪となった。

それは今までに一度も経験したことがないような雪だった。朝方の雨が昼ごろから雪となり、たちまち庭は白く塗りつぶされた。まず、その迅速さに驚かされ、無風状態のなか、天から地に向う白い断片の黙々とした歩みは、なにか息を押し殺して殺到する軍団のように思われた。その軍団はますます厚みを増し、目に見えるものすべてを包み込み、押し曲げた。

夏の陽射しを避けるために、車の上に庇《ひさし》のように伸ばして剪定したマテバシイの枝は、たっぷりの雪を戴いて垂れ下がっていた。長い竹の棒の先で突くと、枝は身震いするように雪を振り落とし、頭を持ち上げた。一時間ほどもすると、ふたたび枝に雪が積もって頭を下げ、竹の棒の出番となった。このまま放置すれば、雪の重みで折れた枝が落下し、車の屋根を傷つけるかもしれない。これも「雪害」というべきか。雪は車のタイヤの中ほどまで積もり、車を移動させることは不可能に見えた。「雪害」を防ぐためには、何度も雪下ろしをするしかなく、まさか豪雪地帯でもない房総で、こんな奇妙な雪下ろしというか、雪落としをすることになろうとは、思ってもみなかったことである。

家の屋根にも雪が厚く積もっていた。十数センチはあろうか。今までに住んでいた所で、これほどの積雪を目にするのは、はじめてである。この地域でも新記録にちがいない。

その夜は午後十一時過ぎに床に就き、午前三時ごろに目が覚めた。居間ではカオルがまだ起きていて、本を読んでいた。私は外の様子を見ようと、居間のとなりのピアノ室のカーテンを開けようとした。わが家はふたつの四間四方の平屋とそれらをつなぐ渡り廊下の部分に増築した六畳の板の間からできていて、その板の間はピアノが置かれているところからピアノ室と呼んでいた。

カーテンを開ける間もなく、足元が水浸しになっているのを感じて、「カオルさーん」と大きな声を発した。ピアノ室の床は一面の水で、幸い、居間のほうへは流れていない。あちらこちらから水が滴り落ちてくる。頭にも、パジャマにも落ちてくる。雪は雨に変わったようだ。ピアノ室は天井がなく、むき出しになっている垂木《たるき》（屋根板を支える角材）に沿って流れる水がとめどなく落下している。

カオルは、風呂場やその他、家中からバケツや洗面器などを集めて床に並べ、ぼろきれで床の水を拭き取っては、バケツに絞る。そのあいだにも天井からは水が落ちてくる。

これこそ、「上からの水害」にほかならない。雨漏りではこれほどの「浸水」にはならない。せいぜい数個のバケツで事足りて、床が水浸しになることはまれである。

眠気がすっかりさめた私は、服を着替え、以前、雨の道普請の際に買った雨合羽を身にまとった。

外はみぞれになっていた。梯子をかけて、スコップを手にピアノ室の屋根にのぼる。両側のピラミッド型の屋根からずり落ちた雪が膝ほどの深さになっているが、ピアノ室の屋根はあまり勾配がなく、雪は落下しようとしない。積もった雪の底の部分はシャーベット状というより水溜りになっていた。屋根の上の全面がプールのようになっていて、その上と周囲に雪が覆いかぶさっているという状態のようだ。雪に包まれた水が屋根の隙間から室内に滴り落ちたのであろう。

スコップで雪を掘りあげては屋根の外へ放り投げる。みぞれは小止みになったが、雪はなかなかなくならない。むしろ、両側の屋根から雪が崩れ落ちてきて、増えるばかり。しかし、雪を除去しなければ、居間も浸水するかもしれない。体は熱くなっても、手は凍えるように冷たくなる。思わず呟いた——「こりゃー、絶望的だなー」と。

こうして朝の七時ごろまで、屋根の上では絶望的な雪との闘い、下では水との果てしない闘いがつづき、雪は除去され、ピアノ室の雨漏りは止まった。ようやく一息ついてから、工務店の秋山さんに屋根の修理を依頼し、翌日、屋根にブルーシートを張った。

気象庁によると、房総地方の記録的な積雪は、房総半島をかすめて北上した「南岸低気圧」によるもので、多くのビニールハウスが雪の重みで押しつぶされ、各所で交通が遮断され、多くの家が屋根に被害を受けた。わが家では、ピアノには水はかからず、箪笥は雨漏りに直撃されたものの、なかの衣類などは無事だった。ピアノ室の床にはバケツを置いた痕が黒いカビとなって、「上からの水害」の刻印としていつまでも消えずに残った。砂袋を載せられた屋根のブルーシートは梅雨の大雨や、夏の灼熱の陽射し、秋の台風などに耐えつづけ、私とカオルは屋根職人が来るのを待ちつづけた。わが家の屋根が修理されたのはそれから十五か月以上も経ってからだった。

第六章　木に囲まれて

ふだん見慣れていたものがなくなると、心が不安定になるものである。フランスの小説家、スタンダールは、大学受験のためにパリにやってきて、たちまち情緒不安定におちいってしまう。故郷のグルノーブルではアルプスを見ながら生れ育ったが、パリには山がなかったからである。料理も気にいらず、すっかりパリが嫌いになったスタンダールは、そのうち病気になって、頭髪が抜け落ちてしまう。頭髪はまた生えてきたが、パリ嫌いは治らなかった。

私の場合、問題は、木であった。

防風林

小さいときからいつも樹木を目にしながら育ったためか、木がない生活は落ち着かない。結婚するまで住んでいた東京の家の周囲は、おそらく明治、大正時代、ことによると江戸時代からとも思われる大きな樹木が鬱蒼と生い茂り、夏になると、樹皮にはりついている無数の蝉を、鳥黐《とりもち》を棒の先に塗って採集し、夏休みの自由研究として学校に提出したものだった。毎日、玄関前の大きなヒバの木を見上げながら家を出て、教会沿いのイチョウ並木を通り、小学校の教室の窓から隣接する椿山荘《ちんざんそう》の、森のような眺めを楽しんだ。

ところが、房総に住んでみると、まわりには一本の木も生えていないのである。目にはいるものは、県道までつづく田圃のみ。樹木に囲まれた田園風景を想像していたが、あたりを見渡すと、はるか遠くの山とはいえない低い丘陵を覆う森と農家の周囲を囲む木立が目に映る。日陰をつくる樹木は田圃に不要であることに思いいたるには、それほど時間はかからなかった。

移住した年の秋、房総沖を通過した台風があった。雨はそれほど激しくはなかったが、恐怖を感じさせるほどの強風だった。雨戸はガタガタと震えがとまらず、いまにもはずれそうな感じだった。外に出て様子をうかがうと、とたんに体が押し返される。経験したことのないような風の力だった。

試しにと、コンクリートブロックを地面に立てて置いたところ、しばらくして、それは押し倒されていた。重いブロックを押し倒すとは、いったいどれほどの風速なのか。きっと計算すれば、数値は出てくるにちがいないが、計算式がわからない。

風速の計算式をあれこれ考えているうちに、風は衰え、恐怖感が去るのと入れ替わりに私の脳裏に飛来したのは、「防風林」という言葉だった。

これほど強い風が吹いてくるのは、風を遮るものがないからにほかならない。農家の周囲には高い木がならんでいる。風を防ぐためである。田舎には「防風林」が必要なのだ。

近所の人から紹介された植木屋に、「防風林」の趣旨を話し、庭を飾るための「植木」は不要で、早く大きくなる「雑木」を植えてほしいと頼んだ。

そして、運ばれてきたのは、ケヤキ三本、イチョウ二本、マテバシイ六十本、カイヅカイブキ二十本、それに、角材や竹の棒多数。ケヤキとイチョウ以外は垣根用である。

作業はまず、敷地の境界を確認するために、なかば土に埋もれた境界石を掘り出し、杭を打ち、糸を張った。

「境は一寸も譲ってはいけません」と植木屋。どうやらぎりぎりの所に木を植えるらしい。私としては、広い敷地なので、目いっぱいにすることはないと思ってはいたものの、植木屋の気迫に押されて、一寸も譲らないことにした。境界石の内側十数センチあたりの所にあらためて糸を張り、数メートルおきに角材を打ち込み、用意の竹を横に渡して紐で固定する。こうしてわが家の敷地が「確定」されると、なにか敷地が広くなったようにも感じられた。

植木職人の作業を見ていて、プロならではの方法があることを知った。たとえば、垣根となる木を固定する竹を三十メートルほど横に繋げなければならないが、竹の節の部分をくりぬいて、そこに竹の先を差し込んで繋げるという方法である。こうすれば、全体が水平にのびる一本の竹の棒のように見える。また、その竹の棒に植木を固定するには、シロナワ（棕櫚《しゅろ》の葉でできた縄。黒い色をしている。「黒いのにシロナワとは、これいかに」という駄洒落を思いつく）を使うが、束になっているシロナワをほどいて、手にぐるぐると巻きつけるという方法である。左手にはシロナワが大きな球のように巻かれ、その内側から右手で縄を引き出して使う。こうすれば、束になった縄をいちいち解くこともなく、連続的に作業を進めることができる。

私が気づいたもうひとつの方法は、竹の棒に縛り付けられた植木が動かないようにする工夫である。ノコギリで竹に×のかたちの切れ込みを付け、その窪んだ部分に縄を通して植木を縛る。こうすれば、縄が竹の表面をすべることがない。のちに私もこの方法を試してみたが、竹の棒どうしをかたく結ぶにも役立つことを発見した。

垣根の作業が終わると、ケヤキが南東の角に、イチョウが西側に移植された。台風にともなう強風はほとんど南東の風である。「何年かしたら銀杏がとれますよ」と植木屋は言ったが、いつまで待ってもそうはならなかった。植木屋にもイチョウの雌雄を見極めることはできなかったようだ。

こうして「防風林」の準備はできたが、辛うじてその役割を演じられそうなのは、ケヤキとイチョウのみで、それも支柱で支えられ、あまり頼りになりそうにもない。一・五メートル間隔で植えられたマテバシイもカイヅカイブキも、太さは直径数センチ、高さは二メートルもなく、今のところ風を遮る力は期待できない。これらの木が早く大きくなって、風に立ちはだかってくれるのを待つしかない。

数日後、時どき軽トラックでやってきては、わが家の西に隣接するヒノキ林の手入れをしている老人が、通りがかりに私に声をかけ、なにか怒ったような顔をして、

「お宅は、境界ぎりぎりに垣根を植えるんですか」と言った。

道路に面した所に植えたカイヅカイブキが問題のようだ。

「いやあ、植木屋さんがそうしたもんですから……。これではいけませんか」

「お宅はこれでいいと思っているんですか」

「そういうわけでは……。どれくらい引っ込めればいいんですか」

「一尺ぐらいはあけるのが常識ですよ」

その日のうちに、植えたばかりのカイヅカイブキをすべて引き抜き、支柱も竹の棒もはずし、さらに十五センチ内側に二十の穴を掘り、支柱を打ち直すなど、その一部始終を観察していた植木職人の作業を模倣反復した。とくに気をつけたのは、水遣りである。植木屋は先端にパイプのようなものがついたホースを木の根本に差し込み、地表に水溜りができるまで注水していた。根を周囲の土としっかり馴染ませるためである。私は棒切れで根本を何度も突きながら、水をたっぷり注ぎ込んだ。

こさぎり

こうしてひとまず「防風林」の準備はできたが、それだけでは何とも殺風景である。夏の暑い陽射しを遮る木、実のなる木、花を咲かせる木などもほしい。かねてからぜひ植えてみたいと思っていたのは、世界で最大級の高さになるといわれているメタセコイアという落葉高木である。

通信販売の種苗店の目録でメタセコイアの苗を見つけ、四本注文した。届いたのは、割り箸ほどの大きさの苗で、これを庭の片隅に植え、大きくなるのを待ったが、二本は枯れてしまった。生長が早いと聞いていたが、二年ほどで高さ一メートルを越えた二本の苗木を、カイヅカイブキの垣根の内側と、居間の西側に定植した。一本は風よけ、もう一本は西日よけである。

通販の種苗店から、エンジュやエゴノキなどの苗木も購入した。

　苗木のもうひとつの調達先は、毎年三月下旬、町を縦断する国道沿いで開かれる植木市である。長さ百メートルほどにわたって、道の両側に植木が並べられ、買い物客で賑わいをみせた。古くから住んでいる人も、毎年、何かしら苗木を買っては庭に植えているようだ。わが家も、毎年、思いつくままに数本の苗木を入手し、庭に植えつづけた——クリ、ウメ、サツキ、ヒメツバキ、ヤマザクラ、ボタンザクラ、タイサンボク、プラタナス、ナツツバキ、ゲッケイジュ、ミカン、キンカン……。ミカンは、毎年植えても、冬には枯れてしまい、そんなことを十年も繰り返したことがあった。冬のあいだ寒さよけにネットを掛けておくといいと言われ、実行したが効果はなかった。せっかく大きくなったキンカンは、大雪の年に枯れてしまったり、なかなかこちらの思うようにならない。

　身近な果物の種も樹木をふやす有力な資源である。いろいろな果物の種を試してみたが、今でも文字通り「成果」をあげているのが、ビワとユズである。ただし、ビワは毎年、たくさんの実をつけ、大半をヒヨドリに献上しているが、二本あるユズのほうは毎年、数個の収穫にとどまっている。ユズといえば、「桃栗三年、柿八年、柚子の大馬鹿十三年（あるいは十八年）」という、種をまいてから実がなるまでの年月を語る言い習わしがあるが、そのつづきがあることを、懇意にしている大工の棟梁から聞いたことがあった。「人は一生成《な》り成《な》らず（完成しない）」とつづくのだそうである。人間は生涯、完成することがないという意味であるが、これが哲学者の手にかかると、たとえば、「現存在（＝人間）の基本構造の本質のうちには、不断の未完結性がひそんでいる」（ハイデガー『存在と時間』）となる。カントは、常識の再確認が哲学の役割のひとつであると言っているが、このハイデガーの言葉などもその一例である。

三年が過ぎ、八年が経ち、十八年もの歳月が流れるころには、わが家の「防風林」はその威容を示しはじめ、大人の背丈ほどもなかったマテバシイは、見上げるほどの高さになり、縦横に伸びた枝は、木と木のあいだを塞ぐようになった。これなら台風にも太刀打ちできるかもしれない。

そして、さらに数年が経ち、マテバシイはさらに大きくなった。だいたい一年に一メートルぐらい伸びるようだ。こうなると風を遮るのも良いが、庭の畑に落とす日陰も問題になる。庭全体がなんとなく暗くなったようにも感じられる。木が大きくなるのを喜んでばかりはいられないようだ。

ピアノの調律を頼んだ調律師は、庭を見渡して、こう言った。

「まるで、トトロの庭みたいですな」と。

私は「トトロの庭」がどのような庭なのか知らなかったが、わが庭から推察するに、大きな樹木が鬱蒼と茂る庭なのだろうと想像した。

その頃には、近くの田圃が宅地に造成され、家が何軒も建ち、庭木なども植えられ、県道も見えなくなった。南側に隣接する空き地には、近々、家が建てられるということも聞き知った。隣地にはマテバシイの太い枝が何本も突き出していた。そこで、工務店の秋山さんに、伸びすぎた木の枝を切ってくれる人を紹介してほしいと頼むと、

「こさぎりさんに頼みましょう」との返事。

「こさぎりって、何ですか」

「伸びすぎた木の枝を剪定するのが専門の人ですよ」

「こさぎり」――はじめて耳にする言葉であった。例によって辞書に当ると、『広辞苑』には見出し語がなく、『日本国語大辞典』に、「〈木蔭切・影伐〉江戸時代、樹木の影が田畑作物の生育の妨げとなる場合、領主に願ってその全部、または一部を伐り除くこと。かげぎり。」とあった。工務店の社長ともなると、『広辞苑』にも出ていない専門用語を知っているものだと感心すると同時に、江戸時代からの言葉が即座に口から出るほど、現在に生きていることにも感心した。「木蔭切」という言葉じたいに、その「職務内容」が明示されているのもわかりやすい。この三つの漢字を見れば、何をする人か一目瞭然である。


地下足袋姿でやってきたこさぎりの友田さんは、小柄で身の引き締まった、日焼け顔の、精悍な感じの老人だった。「三十七歳です」と笑いながら自己紹介。実は七十三歳で、この歳になっても元気に働いていることが自慢のようだった。戦前、ノモンハン事件の頃、満州で諜報員として従軍し、敵地に忍び込んで情報収集をしたりしていたという。ひそかに敵地にはいりこむには、身軽で、すばやい動作が必要で、時には、木に登って身を隠したりもしなければならないが、年老いても、その風貌を窺うことができた。身の上話のついでに、文通していた故郷の女友達を満州に呼び寄せて結婚したこと、次男坊だったが、帰国後、苦心惨憺して働き、田を買い集め、今ではちょっとした地主になっていることなどを話してくれた。

剪定をはじめる前にひとつの儀式があった。

「ここに生えている木は」と、友田さんは言った。「いつもこの家屋敷を見守っています。そのなかからどれかひとつ、守り神となる木をきめてください。その木に、今日一日、お騒がせしますが、よろしくお願い申し上げますと、御神酒《おみき》を捧げることにしています」

庭の南のケヤキが神木に定められ、その根本に晩酌に愛飲の地酒・木戸泉が注がれた。

まずはじめの仕事は、「ばか棒」づくりである。垣根の高さを揃えるための基準となる竹の棒で、これを当ててマテバシイの先端を伐ればよい。「ばかのひとつおぼえ」からきた言葉であろう。

友田さんは、梯子を軽々とのぼり、私が支える「ばか棒」にあわせて、つぎつぎと伐っていく。高い木の場合は、枝に足や手をかけながらのぼっては、枝を落とし、それから、「ばか棒」の高さで幹を伐る。そのたびに、「ばか棒」を支える私の耳元をかすめて枝葉が落下する。常緑樹のマテバシイは枝が見えないくらい葉がたくさん生い茂っていて、まさに「鬱蒼」という形容がふさわしく、風よけに適した木である。次つぎに落とされる枝葉のかたまりを体に感じながら、植木屋の選定に狂いはなかったことを実感した。

伐り落とされた枝が次つぎと地面に折り重なり、木についていた時の嵩《かさ》の何倍にもなったように見える。その後、剪定をするたびに、同じことを感じたが、伐り落とすことよりも、伐り落とした枝を薪に切り分けたり、残った小枝を燃やしたりする処理のほうが数倍の時間を要した。

暑い夏の日の半日を費やしてマテバシイの剪定が終わり、翌日、高く伸びたメタセコイアの剪定が行われた。二本のメタセコイアは、目測で、家の屋根の二倍ほどの高さ、約十メートルと推定。胸の高さの幹の直径は三十センチほどである。

「このまま伸びれば、二十メートル、三十メートルにもなって、台風で倒れたりすれば、家を押しつぶすかもしれませんよ」と、友田さん。

「そうですね……」と、メタセコイアを見上げながら、私はつぶやいた。大きな木が好きで、わざわざ苗木を通販で入手して、ここまで育ててきたのではあるが……。

「これは、わしが伐らなければ、ほかの誰にもでけん」と友田さんは言った。

思案の末、屋根の高さと同じ五メートルほどのところで伐ることにした。友田さんは、ロープの束を抱えて、高さ五メートルほどの梯子の先端まであがると、枝に手足をかけてするすると天辺までのぼった。メタセコイアはスギのように幹が直立し、枝が程よい間隔で出ているのでのぼりやすいように見えた。

友田さんは、ロープを幹に結びつけ、抱えていたロープの束を私のほうに投げた。私はロープの先端を手に巻きつけ、引っ張った。それを目にした友田さんは、大きな声で叫んだ。

「そんなことしちゃだめだ！」

木から下りてきた友田さんは言った。

「昔、山で大木を伐り出す仕事をしていたとき、ロープを手に巻きつけて木を引き倒そうとした人がおって、木が反対側に倒れて、その人もロープに引っ張られて、宙をとび、死んでしまった。けっして手に巻いてはいかん」

私は言われるままに、ロープをタイサンボクの幹に縛りつけ、ぶらさがるようにしてロープを引っ張ることにした。友田さんは、梯子に足をかけながら、ノコギリでメタセコイアの幹をクサビ型に切り抜き、その反対側に斜めの切込みを入れた。彼の合図でロープにぶらさがると、メリッという音が聞こえるやいなや、太い幹は地面に落下した。

鳥からのプレゼント

毎年、秋になると、物置のトタン屋根にたてつづけに大きな甲高い音をたてて落ちてくるものがある。はじめて耳にする人は、いったい何ごとが起こったのか、空から何か異物、飛行機の破片でも落ちてきたのではないかとびっくりする。音の正体は、マテバシイの長さ二センチほどのドングリの実で、鉄砲弾《てっぽうだま》のようにも見える。マテバシイの周辺の地面はその鉄砲弾で、文字通り、埋め尽くされ、一部は野ネズミやリスの食糧になり、一部は発芽して、苗となる。放っておけば、あたり一面、マテバシイ林になるのではないかという勢いで、自然の旺盛な繁殖力には驚かされる。

樹木の旺盛な繁殖を「支援」しているのが、鳥である。マテバシイの場合は鳥の助力は要らないが、庭のあちらこちらに植えたこともない木が生えている様子を目撃して、鳥に運ばれた種から生育したと思われる木が少なくないことに気づいた。鳥は、木の実の果肉だけを消化して、堅い種は排泄し、その種が地面で芽を出して木になるという仕組みである。庭に自生した木の多くは、このような「鳥からのプレゼント」である。

イヌマキ、サンショウ、コナラ、イボタノキ、シュロ、クワ、カクレミノ、エノキ、ムクノキ、トサミズキ、アカメガシワ、タブノキ……我が庭とその周辺で確認できた「鳥からのプレゼント」である。

千葉県の「県木」であるイヌマキは、房総地方ではもっとも目につく木で、ほとんどの農家はイヌマキの垣根で囲まれていて、古くからある住宅地をちょっと歩けば、イヌマキの垣根が見えるはずである。イヌマキを単に「マキ」と呼んで、その垣根を「マキベイ」と言っている。マキでできた塀という意味である。竹林や雑木林では、あちらこちらで高さ数センチから一メートル以上にもなったイヌマキに出会うことがある。あきらかに「鳥からのプレゼント」である。植物図鑑によると、その果肉は甘くて食べられるとのことで、ヒヨドリなどの好物かもしれない。いつか味わってみたいものであるが、いまだに花も実も見たことがない。細長い葉に隠れて、見えにくいようだ。

イヌマキと沖縄との意外な関係を知ったのは、那覇の首里城を見学したときだった。正殿にはいるや目をひきつけたのは、柱や壁から床や天井まですべてを覆う、やや黄味がかった白い、すべすべした木であった。たいてい木には匂いがあるが、ほとんど匂いがない。不思議に思って、ガイドに、

「これは何の木ですか」と訊いた。

「建築材はすべて、イヌマキです」と、ガイドは、よくぞ訊いてくれたといった趣きで答えた。

「はぁー、イヌマキですか。千葉県の木ですよ」と、私はいささかびっくり。
「そうです、千葉県の県木です。沖縄では、チャーギと言っています。アメリカ軍によって焼失した首里城を再建するに当って、沖縄だけでは足りないので、全国からイヌマキを集めました」

琉球王国時代には計画的にイヌマキが栽培されていて、現在は、将来に予想される修復に備えて植樹が行われているという。それにしても、イヌマキが建材として利用されているとは意外であった。千葉で目にするイヌマキといえば、もっぱら植木や垣根で、太くてもせいぜい胸高直径十数センチで、とても建材にはなりそうにもない。わが家の庭で自生しているイヌマキは、十年以上経っても、ずん胴状の幹はせいぜい直径五、六センチほどにしかならない。

「鳥からのプレゼント」で広まった木の代表ではないかと思われるのが、山桜である。山桜に対応する言葉は「里桜」「家桜」などで、ここでいう山桜は、特定の種《しゅ》の桜ではなく、山に生える桜の総称である。ヤマザクラ、オオヤマザクラ、カスミザクラ、オオシマザクラ、ミヤマザクラなどが含まれ、共通しているのは、ソメイヨシノよりも開花が遅く、花より葉のほうが早く発芽する点である。名高い吉野山の桜の和名はヤマザクラである。

吉野山にしても房総の小高い山にしても、あちらこちらで毎年花を咲かせる山桜は人の手で植樹されたとは思えない。自在に空を飛ぶことのできる鳥が赤い「さくらんぼ」の果実を味わい、種を上空から落としたものにちがいない。

鳥にとって「さくらんぼ」よりも美味と思われるのが、クワの実である。初夏に道端にたわわに垂れ下がる赤紫色のクワの実は、散歩や通学途中のデザートである。鳥の大好物とみえて、クワは道端や空き地など、ほとんどあらゆる場所で雑草のように自生し、伐っても伐っても枯れることなく新芽を伸ばし、人跡まれな場所では高さ二、三十メートルもの巨木になる。

クワのほかに、わが家の近くでとくに目につくのは、エノキである。その名は、二十代半ばまで住んでいた家からバスで新宿へ行く途中にある「榎町」という停留所の名前から知っていたが、木そのものは認識していなかった。その後、東京には「榎坂」とか「榎峠」といった地名が、千葉の地元にも「榎沢」という場所があることを知った。また、徳川家康が、江戸近辺の街道にはどのような木を植えればよろしいでしょうかと家臣にきかれ、「よい木を植えよ」と答えたのを、家臣は「えのき」と聞きまちがえたとも、あるいは、「松の木を植えましょうか」と相談され、「他《よ》の木を植えよ」と答えたのを、「えのき」と聞きまちがえたといったエピソードを読んだことがあった。ここで興味があるのは、天下の大将軍たる者が、こんな些細なことにまで口出ししていることである。信長や秀吉はそんなことはしないであろうし、部下もうかがいをたてるようなことはしないであろう。細かいことにまで口出しする家康の性格を示す「榎のエピソード」として脳裏に刻まれ、私はエノキといえば、条件反射的にこのエピソードを思い出す。

それはともかく、家の近くの竹やぶのなかにそびえる巨木が、エノキであることを知ったときの感動はいまでも忘れない。何に感動したかといえば、何といっても、その巨大さである。胸高直径約一メートル、高さは十数メートルはあろうか。人間の胴体ほどもある、筋肉が盛り上がったような太い枝を、文字通り、四方八方に伸ばし、それがさらに指を広げたように、あるいは、空をつかむかのように突き出されている。この木の名前を知りたいという、無知であることから生れる知の楽しみがはじまり、植物図鑑で「エノキ」にたどりつくまで、数週間を要した。

エノキは「餌の木」とも考えられ、褐色の小さな果実を小鳥が好んで食べてフンとともに種子を落とし、榎をエノキと読むのは、道端の大樹が夏に木陰をつくるので、夏の木の意の和字であるという（保育社『原色日本植物図鑑・木本編』）。まさに街道の並木にふさわしい木である。

こうしてエノキを認識するや、すぐ近くの空き地や道端のあちらこちらに同じ木が生えていることに気がついた。名前を知ることこそ知の出発点であり、自然を知ることは、自然を構成するものの名前を知ることにほかならない。

しかし、名前を誤ることもある。私が経験した一例に、トサミズキという落葉低木がある。庭の片隅に生えていた見慣れない木について、出入りの大工の棟梁にたずねると、即座に「ミズキ」という答えがかえってきた。私も即座に、都会の新興住宅地の街路樹や庭木としてよく見かける、アメリカハナミズキという、淡い桃色の美しい花を咲かせる木を思い浮かべた。ところが、わが庭のミズキは、黄色の房状の小さな花を咲かせ、小さな黒い実をつける、あまり目立たない地味な木である。いろいろ調べた結果、わが庭のミズキの正しい名は、マンサク科トサミズキ属の「トサミズキ」であることが判明した。これを「ミズキ」と略した大工の棟梁の言葉に誤りはなく、これを勝手に「アメリカハナミズキ」と早合点した私の誤りだった。

さらに調べると、私はもうひとつの誤りを犯していたことがわかった。そもそも「アメリカハナミズキ」なる名前は存在せず、私が思い浮かべた木は、正しくは、ミズキ科ミズキ属の「アメリカヤマボウシ」という名前で、花水木《はなみずき》はその別称である。「アメリカ」と「花水木」を結びつけて、「アメリカハナミズキ」を捏造していたのである。とはいえ、トサミズキという木を知ったことも、やはり「鳥からのプレゼント」であることにはかわりはない。

翼ある種子

毎年四月になると、庭の東南の角にある高さ四、五メートルほどのカエデが芽吹き、七つに裂けた葉が開く。二十年以上前に近くの植木市で買い求めたもので、苗木の名札には「イロハモミジ」と記されていた。「イロハ」はたぶん「イロハニホヘト」の略で、この七文字は一枚の葉が七つに裂けていることを指しているのであろうと理解した。この植物には、「カエデ」「イロハモミジ」「コハモミジ」などの名前もつけられ、「タカオカエデ」というのが正式の和名のようであるが、ここでは単に「カエデ」と呼ぶことにする。因みに、カエデは葉がカエルの手足に似ているところからつけられたという。

普通のカエデは秋に紅葉するが、わが家のこのカエデは、何と、芽吹いたばかりの葉が赤色なのである。すでに紅葉しているのである。これでは「新緑」とはいえないが、花が咲いたような感じの、春の紅葉である。そんなカエデの葉は見たこともない。何か突然変異なのであろうか。紅葉は夏を過ぎても維持され、晩秋になってようやく色あせて緑色をおびてくるという、普通のカエデとは反対の経過をたどる。

こういった特異な性質もさることながら、さらに興味を引かれたのは、芽吹きの頃になると、樹上の生命活動に呼応するかのように、地上では、木の根本ばかりか、庭のあちらこちらで無数のカエデの、高さは二、三センチ、二、三枚の小さな葉をつけた、「新生児」ならぬ「新生樹」が顔を出していることである。この時期には、これらの生れたばかりの「生命」を踏みつけはしないかと、足元に注意しなければならないほどである。

カエデの種子が風に乗ってあたり一面に飛ばされたのか、それとも鳥に運ばれたのか——毎年、カエデの「新生樹」を目にするたびに浮上する謎であった。

それを解決してくれたのは、後に詳しく触れることになる「植物分布調査ボランティア」として参加した植物観察会での研究員の言葉であった。研究員は、ある橋の上で立ちどまり、川岸の木を指さしながら、こう言った。

「ここに何本ものカエデが生えていますが、これはヨッカが川に流されてきて、ここで発芽したものです」

ヨッカ——はじめて耳にする言葉であった。

「ヨッカ、って、どんな字を書くんですか」と私は訊いた。となりで研究員の言葉にうなずいていた人が、教えてくれた——翼果と。翼のある種子、という意味であると説明されても、どんな形なのか思い浮かばない。観察会に一緒に参加したカオルも、はじめて聞く言葉だという。

帰宅後、さっそく植物図鑑をひらき、翼果とは、種子を包む部分が翼のように広がったもので、この翼によって広い範囲に飛散可能であることがわかった。図鑑には、ふたつの翼のようなものが「へ」の字の形にくっついた、カエデの翼果の図が示されていた。それぞれの翼はなかにある種子の部分がふくらみ、全体は機首も胴体もない、主翼だけの飛行機のように見える。

その図をながめているうちに、私は、以前どこかで見た覚えのある絵を思い出した。たしか「空港」あるいは「大空港」というタイトルだった。「どこかで見た」といっても、都内の美術館のほかには思い当らない。いくつかの美術館に問い合わせた結果、該当すると思われる絵は、東京国立近代美術館に所蔵され、「空港」というタイトルであることがわかった。当時、その絵は展示中ではないとのことだったが、インターネットで見ることができた。まさに私の記憶のなかにあった絵であった。

超現実的な絵で、花柄《かへい》のようなものがついた翼果がふたつ、イソギンチャクのようなものの横に並び、宙に板切れのようなものが浮かび、その影と翼果の形をした影が地面に投影されている。こんな説明では絵を想像することはほとんど不可能であるが、「空港」というタイトルから、翼果が飛行機で、イソギンチャクは飛行場のターミナルを表しているらしいということはわかる。一九三七（昭和十二）年の作品で、作者は北脇昇（一九〇一―一九五一）。

北脇昇といえば、「クォ・ヴァディス」（一九四九年）という、戦後の知識人の生き方を象徴的に描いた作品を見た覚えがある。この画家に興味を抱き、さらに調べると、翼果を描いた「空の訣別」（一九三七年）という作品もあることを知った。これも超現実的な絵で、赤紫色の巨大な海藻のようなものの傍らに白い噴煙がたちのぼり、翼果がその横をかすめ、墜落する様子の翼果も描かれ、全体は海底のように見える。白い噴煙は海底火山の噴煙かもしれない。「空港」と同様、大いに印象に残る作品である。

北脇昇が翼果を描いた背景にはどのようなことがあったのであろうか、植物に造詣が深かったのであろうか、あるいは、とくにカエデに興味があったのであろうか。翼果の絵を少なくとも二枚も描いた画家はほかには知らない。

小説のなかで翼果に出会ったこともあった。いまのところ一例にすぎないが、アメリカの作家、シャーウッド・アンダスンの『ワインズバーグ・オハイオ』の最終章にこんな一節がある。

ジョージ・ウイラード青年は朝の四時にベッドを出た。それは四月のことで、木々の若葉が開きかかった頃だった。ワインズバーグの住宅街の並木はカエデだったので、種子に羽根がついている。風が吹くと、その種子が空一面に狂ったように舞い、足もとに絨毯を敷く。
（橋本福夫訳）

物語の舞台となるワインズバーグ・オハイオは、アンダスンが住んでいたことのあるオハイオ州の町をモデルにしているといわれ、オハイオ州と国境を接するカナダ（カエデを国旗とする）と同じように、カエデが生い茂るさまが想像される。翼果が空一面に舞い、地面に降り注ぐ様子は、日本でいえば、桜吹雪に匹敵するであろうか。わが庭では、毎年、四月の上旬にカエデの枝先に小さな白い花が咲き、中旬には翼果となり、下旬に翼果が木のまわりに落下するが（落下しないで秋まで残るものもある）、一本のカエデしかないため、ウイラード青年が目にしたような光景は望むべくもない。この小説では、町を出るウイラード青年を、ふだんはあまり付き合いのない人まで駅に見送りにくるが、乱舞する翼果は青年の門出を祝福する紙吹雪のようにも思える。

ホメロスの『イリアス』や『オデュッセイア』では、神々から発せられる「翼ある言葉」が人間に希望や勇気を与える。太古の昔から、空を舞う「翼ある種子」は大地に新しい生命を与えつづけている。

北上川のシロヤナギ

数年前の五月末、岩手の網張《あみはり》温泉に行った帰り、盛岡に立ち寄って、駅の近くの「開運橋」から岩手山をながめ、その下を流れる北上川の河川敷を散歩したことがあった。市内を散策して、盛岡城跡まで行くつもりであったが、たまたま目についた川沿いの巨木に惹きつけられての予定変更だった。私にとって旅の大きな楽しみは、巨木との出会いである。大きな木を見るだけで、何か心が満ちたり、落ち着く。庭のケヤキやイチョウ、メタセコイアもだいぶ大きな木になったが、まだ「巨木」と呼ぶにはいたらない。数十年どころか百年、数百年といった歳月を感じさせるのが、私にとっての「巨木」である。長い歳月を内包する巨大さには見飽きないものがある。

川沿いの巨木は、川の流れに覆いかぶさるようにねじ曲がった太い幹と枝を伸ばし、幾層にも重なる葉をひろげ、川面に大きな日陰をつくっていた。根本の直径は五十センチもあろうか。私の「基準」にかなう立派な巨木であるが、木の名前は思い浮かばなかった。広広とした河川敷には、白く細長い穂のような花を咲かせている木がどこまでもつづき、空中にも川面にも白い綿のようなものが漂っていた。

しばらくして行き着いた盛岡城跡とその周辺は、まさに巨木の森だった。いちばん目につくのは、白い花の房を細長い円錐状に上に突き出しているトチノキ（マロニエ）である。城跡の周囲を林のように囲み、道路にはトチノキの並木がある。これほどのトチノキを目にするのははじめてで、東京の銀座にある「マロニエ通り」などははるかに及ばない存在感がある。ほかに、胸高直径が一メートルをこえるエノキやエゾエノキ、カシワなどの巨木に出会うこともできて、はじめて訪れた盛岡がすっかり気に入ってしまった。と同時に、頭の片隅に、川沿いに生えていた白い穂のような花を咲かせている木と、空に舞う綿のようなものはいったい何だろうかという疑問が残った。

帰宅後、その疑問を盛岡市に問い合わせると、「盛岡市都市整備部公園みどり課」というところから返事があった。地図で調べたところ、私が散歩したのは「北上川公園」一帯であることがわかった。それで「公園課」から返事があったのであろう。その返事によると、川沿いの樹木の名は、シロヤナギで、空中に見られた白い綿のようなものは、シロヤナギの種子がはいった綿毛と思われ、盛岡では五月中旬から下旬にかけて風に乗って舞っていることが確認されているとのことだった。

シロヤナギときいて、即座に、ふたつのことが思いうかんだ。

ひとつは、わが庭に自生して、大人の背丈ほどに生育したタチヤナギという木のことである。その名前がわかったのは、「植物分布調査ボランティア」として、枝と葉をそえた標本を提出し、専門の研究員に判定してもらったからで、それ以来、タチヤナギという和名は忘れることがなかった。近隣で柳の木を見かけたことはあまりなく、いったいなぜこのような木が庭に自生したのか長年の疑問だった。

植物図鑑によると、タチヤナギはシロヤナギ同様、東北地方では五月上旬、関東地方では四月上旬から下旬にかけて開花し、種子のはいった綿毛を飛ばすという。ただし、雌雄異株で、観察するところ、わが家のタチヤナギはいままで一度も綿毛をつけたことがないので、雄株にちがいない。

もうひとつは、「シンプルライフ」の原点ともいうべき『ウォルデン（森の生活）』の著者、ソローの遺稿『Faith in a Seed』（邦訳『森を読む—種子の翼に乗って—』宝島社）に記された空を飛ぶシロヤナギの綿毛についての記述である。

にわか雨が通り過ぎたすぐあとの午後、ミル・ダム（コンコードのダウンタウンのショッピング街）に立っていると、屋根の高さまで空気中に一種の綿毛が満ちているのに気がついた。最初私は、どこかの部屋から飛んできた羽根か糸屑かと見誤った。それはカゲロウの群れか大量のほこりが舞っているかのように、昇ったり降りたりしてときどき地表に落ちてきた。次に私は、これはなにか薄く透き通った軽い羽根を持つ昆虫かと思った。それはかすかな風で建物のあいだや上へあおられ、そしてすべての通りの流れに沿って飛んでいった。それは西の空にまだ残っていた薄暗い雲を背に、湿った空気のなかで非常にはっきりと見えた。
（伊藤詔子訳）

ソローは浮遊物はシロヤナギの綿毛であることに気づき、約百六十メートル離れたところにあるシロヤナギの木がその発生源であることをつきとめる。一日四時間の自然探索のための散歩を日課としていたソローは、どこにどのような植物があるかを知り尽くしていたのである。

四十四歳という若さで亡くなったソローが最後の年月をついやして研究していたのは、樹木の種子の拡散というテーマであった。さまざまな経路で小さな命がうけつがれ、新たな命を生み、砂粒ほどの種子から巨木が生れることに素朴な驚きを示すソローの心の底にあったもの、それは「faith in a seed」、一粒の種子によせる信頼ないし愛着にほかならない。

ソローはコンコード川の川面に漂うシロヤナギの綿毛についても記述しているが、北上川での私の目撃とほぼ同様である。体験の共有は親近感を深めるもので、このコンコードの生物学者にして哲学者が約百五十年前に観察したのとほぼ同じ状況を、私も見ることができたことが、何か誇らしいことのように思われると同時に、時間と空間をこえて同じことが繰り返される生物の営みにあらためて深い感銘を覚えた。

木の高さの測り方

庭の木が大きくなるにしたがって、大木のケヤキやメタセコイア、イチョウ、垣根のカイヅカイブキやマテバシイなどの剪定が、毎年、冬の仕事となった。南側の空き地に家が建って、老夫婦が定住するようになり、隣地へ突き出たマテバシイの枝を落としたり、畑の日当たりをよくするために梢を低くしたり、電線に覆いかぶさる道路沿いのケヤキの枝を伐ったり、そのあと片付けをしたり、冬の短い午後の時間が二、三週間も剪定についやされた。

高い木の剪定の場合、最大長さ八メートルに伸びる二連梯子の一番上まであがることもあった。シーズンの初めは、いつも多少の恐れを感じたものであるが、翌日には、梯子の揺れもほとんど気にならなくなる。剪定でとくに気をつけているのは、木屑である。風に舞って、目にはいることがある。軽く目をこすっただけでとれることもあるが、一度、数日間も目のなかにゴリゴリという感じの痛みが残ったことがあった。目をしばたくたびにゴリゴリ感と痛みがあらわれ、本を読むこともできない。病院で目を洗浄してもらって、ようやく痛みは消え、それ以来、剪定には目を保護するゴーグルが必備品となった。

歳月はめぐり、メタセコイアの大木を伐ってもらった木蔭切《こさぎり》の友田さんは八十数歳で亡くなり、わが家の大木の剪定、伐採は私とカオルの手に委ねられることとなった。私も、友田さんがはじめてわが家に来たときと同じ七十三歳になった冬、庭の南側から庭全体に覆いかぶさるように枝葉をひろげたケヤキを半分の高さあたりで伐ることを決意した。その年の春から夏、夏から秋にかけては、ケヤキを見上げるたびに、どのように伐ったらよいか、思案の日日がつづいた。直径二十センチはある三本の斜めに突き出した太い枝を、その倍の太さの幹の付け根から伐り落とすには、それぞれどこにロープをかけて、どの方向に引けばよいか、伐り落とされた枝がほかの木を折ったりはしないだろうか——こんなことを検討するのも伐採作業の一部である。危険をともなう作業であるだけに、何度も同じようなことを思い描く「イメージトレーニング」を重ね、頭のなかでは何回も伐採が完了していた。

しかし、大事なことを忘れていたことに気がついた。伐り落とされた太い枝が、どのあたりに落下し、家の屋根などに当たることはないだろうかということの配慮である。そこで、ケヤキの高さを測ることになったが、すぐに、そう簡単に測れるものではないことがわかった。長い竹の棒を立てるのもひとつの方法であるが、ケヤキの梢まで届くほど長いものはどこにも見当たらない。一番上まで登って、ロープを地面に垂らすという方法もあるが、そんなことは私にもカオルにも、ほかの誰にもできまい。

そこで思いついたのが、万物は水でできていると考えた、古代ギリシアの最初の哲学者とされるタレスの方法である。天文学の研究を行った最初の人ともいわれ、星の観察に集中するあまり、あやまって溝に落ちてしまったというエピソードが伝えられている。これを見ていた人から、「足元にあるものさえわからないのに、天上にあるものを知ることができるのだろうか」と揶揄されたタレスは、その気になれば地上のことにも知恵を発揮できることを示すために、天空の研究からその年のオリーブの豊作を予測し、地域一帯のオリーブ・オイルを搾る機械をすべて借り受けた。予測どおり、オリーブは大豊作で、哲学者は搾油機を高値で貸し出し、大儲けをしたという。

あるとき、タレスは、「人間にとって何がいちばん難しいか」と訊かれ、「自分自身を知ることだ」と答え、「何がいちばん簡単か」との問いには、「他人に忠告することだ」と答えたといった、含蓄のある話が数多く伝えられているが、そのなかに、エジプトでピラミッドの高さを測定した話がある。

測定に必要なのは、一本の棒と巻尺である。地面に垂直に立てた棒の長さと、その影の長さが同じになったとき、ピラミッドの影の長さを測る。ピラミッドの高さイコール影の長さである。

これをわが家でも試すことにした。十二月はじめの午後、庭に長さ一メートルの竹の棒を立て、私は長い巻尺の端をケヤキの根本に固定して、影が一メートルになる瞬間を待った。棒の横に立つカオルが、手を上げて、影が一メートルになったことを知らせた。私はケヤキの影に沿って巻尺を伸ばし、影の先端で立ち止まった。十八メートル五十五センチのところで影は消えていた。

家からケヤキまでの距離を測ったところ、十七メートルある。ケヤキを根本から伐採すれば、梢が家の屋根に落ちかかる距離である。もちろん、ケヤキを根本から伐り倒すつもりはない。できなかほどから伐り倒すのであれば、別に問題はないことを確認して、作業ははじまった。できるだけ高い場所に掛けたロープをエンジュの太い幹に縛りつけ、枝を幹の付け根から切断し、ロープで引き倒す――すべては「イメージトレーニング」通りに無事進行した。切断は私の、ロープを引くのはカオルの仕事である。

枝といっても太い所で直径は十数センチもあり、これをチェーンソーで長さ四十センチほどの長さに切断し、薪ストーブ用の薪に割って、すべてを始末するまで数日を要した。薪は三年ほど乾燥させれば、薪ストーブで燃やせるし、薪を割ったときに飛び散る木片は一年もすれば、薪ストーブの炊きつけとして利用できる。指ほどの太さの小枝も、庭で大豆やタケノコをゆでる際の燃料として使うなど、伐採したケヤキの何ひとつとして、無駄に土に還すことはなかった。因みに、落ち葉は腐葉土として畑の貴重な肥料となる。

「ずいぶん明るくなったわね」と、カオルは空を見上げながら言った。

「空が広くなった」と、私は何か積年の偉業をなしとげたような気持だった。

こうして、空いっぱいに枝を広げていたケヤキは電柱のようになったが、木は伐れば伐るほど枝葉が出てくるという植木屋の言葉通り、翌年の夏には、残された幹の部分がほとんど見えないくらいに小枝と葉で覆い隠された。大木に蓄えられていた活力が一気に噴出したような感じであった。いつの日か、となりの二本のケヤキのようにふたたび空を覆うようになるのであろうか。

いまのところわが家の最大の木は、北西の角にそびえるマテバシイで、胸高直径四十五センチ、高さは推定十五メートル。緑に輝く葉の大きなドームで家を守るように覆っている。庭で唯一、一度もノコギリの刃を当てられなかった木である。

第七章　「軽井沢」ができるまで

家のまわりの風景も、歳月とともに大きく変わった。すでに触れたように、はじめのころは田圃で囲まれていたが、田圃はやがて休耕田となり、数年もするとカヤなどの背の高い草や竹で覆われ、いつのまにか木も生え、休耕田は耕される見込みのない「耕作放棄地」と呼ばれるようになり、これでは田園の美観が損なわれると、春から秋にかけて毎月一度、草刈にはげむうちに、見通しのきく野原に生れかわり、灌木は高さ数メートルにもなった——これが四十年間の変化の要約である。

工務店の秋山さんは、この再生された野原というか林を見て、こう言った。

「まるで軽井沢だねー」と。

知り合いの建材店の主人も、

「こりゃー、軽井沢に来たみたいだ」と、感心していた。

軽井沢には、その昔、日帰りで一度行ったことがあるだけで、この有名な観光地がどのような風景の場所であるのか記憶にないが、たぶん、秋山さんたちは実際に目にしたか、あるいは、テレビなどで見た軽井沢の雰囲気をそこに感じたのであろう。自然のバランスというか、程よい間隔でならぶハンノキは、軽井沢のイメージをつくりだしていると思われるシラカバに似ていないこともない。

この房総の田園地帯に「軽井沢」が生れるまでには長い歴史と努力があった……。

ホタルが飛んでいたころ

田舎は静かで、読書や執筆、瞑想などに最適の場所だと思っていたが、実際に暮らしてみると、必ずしもそうではないこと、時期によっては「自然の騒音」が激しくなり、書斎での仕事の妨げにもなることを体験した。

「自然の騒音」の最たるものは、田植えの開始とともに轟くカエルの声である。時期は年によって異なるが、だいたい四月はじめから五月のはじめのころ、水を張った田圃に苗が植えられるのとほぼ同時に、一斉にカエルの大合唱があたり一面に響き渡るのである。

わが家の東側に、道路をへだて、四枚の田圃が並んでいた。いまでは二重ガラスのアルミサッシの窓が外部の騒音を多分にさえぎるが、約四十年前は、木枠の一重のガラス窓をカエルの大合唱は多分に振動させた。それもとくに暑い夕方になると大音声となり、まるで耳元から大声を吹き込まれているといった感じで、まさしく「耳を聾《ろう》する」という表現を実感した。これに相当するものをあげるとしたら、夏の蟬のうなるような鳴き声、あるいは、大きな滝がとめどなく落下する大音響くらいであろうか。

この夜の静けさを打ち破るカエルの合唱は、きまって十一時になるとぴたりと停止する。回転していたレコード盤から不意に針がはずされて、音楽が中断したかのようである。何匹のカエルが参加していたかわからないが、数百、数千匹ものカエルが一瞬にして同一行動をとるというのは、何とも不思議な感じがする。体内時計でもあるのだろうか、それとも、誰か「指揮者」でもいるのだろうか。ともかく、カエルの合唱が止むと、毎晩のことではあるが、何か重圧から解放されたようなほっとした気分になる。

田圃にかかわる「人工の騒音」として、とくに触れておきたいのは、稲の害虫駆除のために、毎年七月中、下旬にヘリコプターから農薬を散布する「空中防除」である。最近は無人の小型ヘリコプターで行われているようであるが、二、三十年前までは、有人のヘリが、早朝の六時ごろから、田圃の上を人家すれすれの高さで飛行した。事前に、あらかじめ散布の時間帯の外出は控えるように、また、畑の作物には農薬がかからないように紙やシートで覆うようにと、各戸に受信機が配布された「防災無線」で放送があった。

農薬が散布されたばかりの田圃にはいって作業をしたために、農薬中毒で亡くなった人もいることが報道されていた。農薬の恐怖もさることながら、私にとって、年に一度でしかない「空中防除」の直接の「被害」はそのすさまじい騒音である。空高く飛んでいるヘリの音もやかましいものではあるが、耳を覆いたくなるほどではない。わが家の場合、「空中防除」のへリは、道路ひとつ隔てた田圃の十数メートル上空を何度も旋回し、時には、エンジン音をいっそう轟かせてわが家の屋根をすれすれにかすめ、そんなことはないとは思いながらも、ヘリがわが家に墜落したらどうしよう、逃げ場がない——その恐怖感は、二十年以上も経ったいまでも忘れることがない。恐怖はこちらの気持しだいで限りなく大きくなる。ちょっとやかましいヘリの音を耳にすると、何か不安にとらわれることがあるのは、それが「トラウマ」にでもなっているからかもしれない。「トラウマ」は心の「活断層」のようなもので、けっして消えることがなく、生きているかぎり、忘れかけていた恐怖を蘇らせるにちがいない。ときどき、こんなことは戦争ではありふれたことなのかもしれないと思ったりもする。空襲で防空壕に逃げ込んだ体験はあるが、爆撃機の音や爆弾の音を聞いた記憶はない。

こんな「トラウマ」に触れたのは、身近な世界から消えた田圃への懐かしさからでもあり、その懐かしさのシンボルと言っていいのが、ホタルである。

夏の夜、涼を求めて風そよぐ田圃のあぜ道にでると、草むらのあちらこちらで息をするように光るものがある。光は草むらをはなれ、闇のなかに浮かび、細い光の筋を描く。あちらにも、こちらにも、そちらにも、波がゆらぐような光の筋が交錯する。

庭に自生するホタルブクロにとまったホタルを指先でつまみ、手のひらに載せる。ホタルは飛び立とうともせず、青白い光をゆるやかに点滅しつづける。ホタルブクロの釣鐘型の花のなかにホタルをいれる。ホタルの光は点滅をくりかえし、青白い光は薄い紅色をおびる。

ホタルの話になると、息子のキョウはいつもきまって、

「家のなかまでホタルが飛んできたね」と、懐かしそうに言う。

私もそれを何か大事な宝物、貴重な経験のように心にとどめている。

カオルと一緒に暮らすようになってから、ホタルを探すのが夏の夜の大きな楽しみとなった。

そのころには田圃は休耕田となり、以前のようにはホタルは見られなくなっていた。草かげにわずかに点滅する光を見つけては、子供のようにはしゃいでいたが、やがて、あたり一帯からホタルの光は姿を消した。いまでは、無農薬栽培の田圃として特別に保護された「ホタルの里」にでも行かなければ、ホタルを見ることはできないようだ。やはり、ホタルには田圃が必要なのであろう。

耕されることのない田圃は、樹木などの障害物のない広場である。都会にあって田舎にはなかなかないもの、それは身近な広場である。田舎では広場はたちまち草や竹や木に覆われ、容易に立ち入ることもできなくなる。わが家の横の四枚の休耕田は、しばらくのあいだ、凧あげや、模型飛行機をとばす広場として大いに役立った。野球もできそうであるが、そのころにはわが家に子供たちが集うこともなくなった。

まだ田圃があったころを振り返るたびに、いつも心に浮かぶのは、『百人一首』にも選ばれている、大納言経信《つねのぶ》の歌である。

夕されば門田《かどた》の稲葉おとづれてあしのまろ屋に秋風ぞふく（『金葉和歌集』）

夕方になると、門前の稲の葉に音をたてて、葦で葺いた粗末な家に秋風が吹いてくる、という、千年前も現在も変りのない、日本の田園の「原風景」がここにはある。わが家の近くからは消えたが、地域一帯ではこの「原風景」はいまなお健在である。

環境の美化をめざして

稲刈りが終わると、田園は、秋風にそよぐ稲葉にかわって、稲の切り株が整然と並ぶ光景へと一変する。その切り株からひこばえが生え、田圃にふたたび緑がよみがえる。根が残っているかぎり、木でも草でも、生命は失われず、新しい芽をだし、葉をひろげ、枝や茎をのばす。ひと月もすると、新たに田植えをしたのかと思われるほど、田圃一面、緑で覆われ、高さ二、三十センチにもなった茎の先端から穂が垂れ下がり、実をつけるようにさえなる。南国では、ひこばえの実が熟して食べられるようになるというが、房総地方では、未熟なままに終わる。「これ、何か飾りになりそうね」と、カオルは穂のついたひこばえの茎を根本から切り取って束ね、玄関の壁につるした。はじめは青青としていた稲穂はやがて色を失い、白いドライフラワーのようになって、何年ものあいだ、田圃があったころの名残をとどめていた。

春先、耕されることもなくなった田圃は一面に、小さな白い花をつけたタネツケバナで覆い隠される。タネツケバナは「種漬け花」で、稲の種もみを水につけて苗作りの準備をするころ花が咲くことからつけられた名前である。この花が咲くころには、ほかの田圃では耕運機が土を耕しはじめるが、こちらでは、ハコベ、カラスノエンドウ、スズメノカタビラ、オオイヌノフグリ、ホトケノザ、ムラサキケマン、カキドオシなどが次つぎと細い茎を地面にのばし、白や赤、黄色など、色とりどりの花を咲かせる。

しかし、こういった花園のような風景はしだいに見られなくなり、数年もすると、休耕田はカヤとセイタカアワダチソウの占領地と化し、秋には、セイタカアワダチソウの黄色い花と、ススキの白い穂が季節の彩りとなる。私の感じでは、ススキはまだ風情があるものの、セイタカアワダチソウの黄色い花は荒廃した土地のシンボルのようにしか見えなかった。その花をめでる人もいると聞くが、私には、目にするのも厭わしく、その黄色い色は何か毒々しいものに感じられる。休耕田の草刈を決意した大きな動機のひとつは、この草を撤去することにあった。

その際、私の脳裏に浮かんできたのは、小説『ユートピアだより』などで知られるイギリスの小説家、ウィリアム・モリスの次のような言葉である。

有用と思えないもの、美しいと感じられないものは、家に置くべきではない。

（『生活の美』）

彼は、小説家のほか、詩人、社会主義者、デザイナー、手工芸家、印刷家、政治活動家など多くの肩書きを持ち、二十以上の職能に通じていて、この考えを自分の家で実践するために、椅子やテーブル、家具、壁紙などをデザインし、みずから製作した。その後、社会主義思想に共鳴し、社会全体を人間が住むにふさわしい美しい場所へと改革することこそ、自分の使命であると考えた。家のなかに当てはまることを、家の外へも当てはめようとしたのである。

私も社会全体を美しい場所にしたいと願うひとりではあるが、まずは身近な環境の美化である。「美しいと感じられないものは、近隣に置くべきではない」と考え、これを実践すべく、まずは、黄色い毒々しい花の咲く場所の草刈をはじめることとなった。

しかし、ちょっと気になることがあった。いくら毒々しい花が咲いているからといって、他人の土地に侵入して、草刈などをしてもよいものだろうか。休耕田などの空き地の草刈は所有者が行うのが当然と思われるが、所有者が放置した場合はどうなるのか。そもそも誰が所有者なのか不明である。噂によれば、土地の所有権をめぐって何かトラブルでもあったようだ。誰が所有者であれ、草刈が所有者の権利を侵害するとはまず考えられない。むしろ、所有者から感謝されてしかるべきではなかろうか。

あれこれ検討のうえ、それぞれほぼ一反の広さの休耕田四枚のうち、わが家のすぐ横にある二枚を休耕田A、休耕田Bと命名し、毎年五月から半年間、月に一度の草刈を行うことにきめた。同じ期間、庭でも定期的に草刈を行っていたが、休耕田の草刈は庭よりはるかに手強いことがしだいにわかってきた。何が手強いといって、生えている草の強靱さである。クローバーやスズメノヤリ、ヤブガラシ、ヤエムグラ、オオバコなどなど、庭に自生の草は刈払機の刃を軽く当てるだけで、一瞬にして刈り取られるが、休耕田の密集したススキやセイタカアワダチソウとなると、高速回転する刃を強く押し当てなければ前に進むこともできない。一枚の休耕田の草刈に二時間ほどもかかり、夏でなくとも全身に汗をかき、真夏には作業後、シャワーを浴び、冷えたビールを飲むのが何よりの労働の報酬だった。

刺激と反応、作用と反作用の関係、つまり、何らかの刺激や作用はかならず反応や反作用を生むという自然の法則は、物理現象のみならず、森羅万象に当てはまるようで、草刈を繰り返すうちに、地面から生えてくるものに変化が見られるようになった。このことは、すでに庭で実証済みだった。庭の草を丹念に刈っているうちに、いつの間にか、芝が生えてきたのである。種子をまいたわけでも、芝の苗を植えたわけでもないのに、庭の一部が芝生になっていたのである。草刈のたびに背の高い草は刈り取られ、背の短い芝が勢力を強めたからである。芝生は年ごとに拡大し、いまでは庭全体に広がろうとしている。草刈という刺激が、芝生という反応を生みだしたとしか考えられない。

　これと同じように、休耕田でも、目の敵のセイタカアワダチソウはほぼ消え、カヤはまだ残ってはいるものの、庭に自生の草がしだいに多く見られるようになった。同時に、あちらこちら、草のあいだから、木が伸びてきたのである。これも、自然における刺激と反応の成果にちがいない。低い小さな木を避けるように刈払機を操作するには、少なからざる注意力と労力を要したが、それらの一本一本が年ごとに大きくなるのを目にする楽しみは、労働への少なからざる報酬であった。まるでそれらの木を育てているかのような気持であった。

　労働の報酬といえば、刈り取った草はわが家の畑にとって欠かすことのできないものになっていた。刈り取った草をかき集めて庭の片隅につみあげ、堆肥として利用するのである。肩の高さにつみあげた草の山は、半年もすると腰の高さほどになり、手を当てると熱を帯びているのがわかる。これをさらに放置して、必要に応じて、キャベツやナス、サトイモ、タマネギなどの根本に敷きつめる。別に「自然農法」を名乗るわけではないが、畑の肥料として利用しているのは、「自家製」の落ち葉、生ごみ、枯れ草、薪ストーブの灰と、店で買ってくる籾殻のみである。いつでも庭の片隅には、落ち葉と枯れ草の山が出番を待っている。

終わりなきたたかい

こうして二枚の休耕田はほぼ私の思いどおりに「美化」されたが、残りの二枚が「美化」されるまでにはさらに数年の月日が必要であった。

休耕田Bの南の休耕田を休耕田C、その隣を休耕田Dと呼ぶことにして、その成り行きを観察し、記録した。記録といっても、日記に簡単なメモを記し、時どき写真を撮るだけのことだったが、時の経過とともに、歴然たる変化が進行していることがわかった。

南隣には大久保さんという老夫婦が住んでいて、時どき、そのご主人が休耕田Cの道路沿いの草を刈っていた。自分の敷地の前だけでも「美化」しておこうということのようだった。そのうち、休耕田の「美化」にも手を広げ、その半分ほどを月に一度、きれいに芝生のように草刈し、その中央にハンゴンソウという、夏に大きな黄色の花を咲かせる草を植えたりしていた。はじめは数本にすぎなかったハンゴンソウはやがて一メートル四方にも広がり、休耕田の彩りともなった。

ここでも自然の「刺激と反応」の現象があらわれ、いつの間にか、気がつくと、ハンゴンソウの奥に一本の木が生えているのに気がついた。大久保さんが草刈に気をつけて、保護したものにちがいない。それはナツグミの木で、毎年、夏になるとうずら豆ほどの大きさの、甘ずっぱい赤い実をつけ、夏の日のちょっとしたおやつになった。たぶん、これも赤い実の好きな鳥からのプレゼントにちがいない。

休耕田Cの東半分は大久保さんの努力で「美化」されたが、それとはまさに裏腹に、西半分は、竹やぶで占領されていた。私の観察では、近くに竹林がある場合、放置された休耕田は数年にして、竹やぶに一変する。休耕田Cの背後には、川岸からつづく竹林が広がっていた。おそらく、以前から田圃の下に竹の根が伸びていたにちがいなく、毎年の耕作でその活動はおさえられていたものの、休耕田になるや、地上に芽を突き出すようになったものと思われる。毎年、初夏のころ、新しい竹が地面から突き出て、数日にして数メートルの竹に生長し、枝をのばし、葉をひろげ、竹林の領地を拡大していく。

高齢の大久保さんは、病を得て、介護施設に入所する身となり、休耕田Cの「管理」は私の仕事となった。まず何よりもしなければならないのは、拡大する竹林の除去である。これこそ実に根気のいる仕事であった。いったい何本の竹が生えていたのか数えたことはないが、一本一本、腰をかがめてノコギリで根本から切断する。方法はこれしかない。

「エー、これ全部、切るの……」と、カオルは竹林を見渡しながら、ため息をつく。

「それしかないね。一本一本……」と、私は答えるしかない。

直径五、六センチ、高さ数メートルの竹（たぶん、マダケ）は、切り倒したままにすると作業の邪魔になるので、その都度、邪魔にならない場所に運ばなければならない。私とカオルは根気強さでは甲乙つけがたく、単調労働にもめげない持続力には自信があった。ひとりが竹を切り、もうひとりがそれを休耕田の端に運ぶ。

こんなことをふたりで一週間ほどつづけると、竹林は地上から消えた。切ったばかりの竹は、切り口から水が滴り落ちるほど水分を含んでいるために、すぐには焼却処分ができない。山積みの竹を目にした近所の人が、

「この竹、もらってもいいですか」と、私に訊く。庭で何か飾りものなどに使うのであろう。竹は何かと使い道のある材料である。

「ええ、もちろん、ご自由にお使いください。これは別に私のものではありませんから」と、私は答える。使ってもらったほうが、処分の手間が省ける。

翌年、目障りだった竹の山を処分したころには、ふたたび竹が芽を出しはじめ、折を見ては、これを伐採する。そして、その翌年も、同じことが繰り返される。根のあるものには、こちらも根を持って対峙する必要がある。竹が根気よく生えてくるように、こちらも根気よくこれに対応しなければならない。「根気には、根気を」という、終わりなき竹とのたたかいである。

竹林を一掃して、今度は、その分、草刈の仕事量が増えたが、もちろん、覚悟の上である。放置すれば、まちがいなく竹林は復活する。かくして、三枚の休耕田の草刈が私の避けることのできないノルマとなった。

残るは、耕されることも、草刈されることもなく約十年間も放置されていた休耕田Ｄである。通行の邪魔にならないように、大久保さんや私が道路ぎわの草を時どき刈るくらいで、それ以外の大部分は「自然状態」に委ねられていた。

生態学では、ある場所の「植生」（どのような植物が生えているか）の変化を「遷移」とい

い、私が目にした休耕田の移り変わりは、まさに「遷移」のひとつのサンプルである。植生に変化が見られなくなった「遷移」の最終段階というものがあって、それは「極相《きょくそう》（クライマックス）」と呼ばれているが、休耕田Dはどの段階にあるのだろうか。

生態学者によると、雨の多い日本のような温暖な地帯の場合、自然のままに放置すると、すべて森林となり、いずれはブナ林のような落葉広葉樹林の「極相」に移り変わり、安定した状態を持続するという。火山の溶岩でできた場所についての研究では、まったく植物のない状態から出発して、「極相」の森林となるまで五百年から七百年かかるという。ともかくも、日本では、人間がとくに手を加えないかぎり、自然は森へと向かっているのである。たしかに、休耕田にいつの間にか木が生えるわけである。

休耕田Dには、背の高さを越える草や木が生い茂り、なかに分け入ることもできない。まわりから窺い見るところ、カヤ、セイタカアワダチソウ、笹、ウツギなどが密集し、いたるところにクズの太い蔓《つる》と大きな葉がからんでいる。日本のいたるところの鉄道や道路に沿った「雑草」の生い茂る斜面を覆っているクズは、荒廃した風景をいっそう殺風景にしているが、ただ一時期、殺風景に彩りを添えるときがある。秋に赤紫色のあざやかな花が咲くときである。その時期、わが家では、休耕田のクズの花が部屋の彩りとなる。私の見るところ、放置された「雑草地」はたいてい最終的にはクズで覆い尽くされるようだ。

休耕田Dの「植生」の実態はよくわからないものの、「極相」にいたるにはほど遠く、今後も「遷移」を歩みつづけるものと思われたが、通るたびに目にせざるをえない、その見苦しい姿を見過しにできないのは、他の休耕田の場合と同様である。しかし、これほど群生した植物の始末はとうてい私の手には負えない。刈払機も刃がたたないだろう。

近所の人と相談して、町役場に問い合わせたところ、「環境美化」という町の方針に従って、町で休耕田の整地をしてくれるということになった。ある日の朝早く、大きな耕運機のようなものが現れ、林立する木や草をなぎ倒し、夕方には一面の野原となり、その向こうに、いままでは草木で隠されていた家々を見ることができるようになった。

林となった休耕田

休耕田物語はつづく。自然をめぐる物語には終わりがない。

ひとつの仕事が終わると、かならず新しい仕事が待っている。自然を無に帰すことは不可能だ。自然は数えきれない多くの生命を宿し、そのひとつひとつが黙ってはいない。

休耕田Dのなぎ倒された草や木は、大きな焚き火のなかで煙となって空に消え去り、灰となって地上に残ったが、翌年には、ふたたび緑が復活した。見渡すかぎりに太いクズの蔓が地を這って行き交い、爪先にからみつく。一面の「クズ畑」である。クズの根を掘り出して、葛粉《くずこ》をつくることができるかもしれないとも考えたが、なかなか手間がかかるようで、それに、とくに葛粉料理を食べたいわけでもなしとあきらめ、他の休耕田と同じように草刈に専念することとした。放置すれば、美観を損ねる荒廃地の復活は目に見えていた。

かくして、私の仕事はさらに増え、毎月の四枚の休耕田の草刈をみずからの義務と定めた。

一枚に約二時間として、月に八時間、年に四十八時間。これが休耕田に投入される私の時間である。

その結果、生れたのがさまざまな木の生い茂る「軽井沢」である。わが庭とは一本の道路をへだてているにすぎないが、生えている木の種類はだいぶ異なる。すべて自生で、下草を刈るだけの手入れによって、どのような「遷移」が見られるかという実験場でもある。

いちばん多いのは、すでに述べた、一見シラカバに似ているハンノキである。この木については、学生時代、田山花袋の小説『田舎教師』を読んで、はじめてその名を知った。手元にある本（『現代日本文学全集9・田山花袋集』筑摩書房）には、こう書かれている。

ひょろ長い榛《はん》の片側並木が田圃の間に一しきり長く続く。それに沿って細い川が流れて萌出した水草のかげを小魚がちょろ〳〵泳いで居る。羽生から大越《おほごえ》に通ふ乗合馬車が泥濘《どろ》を飛して通って行った。

羽生《はにゅう》は『田舎教師』の舞台になった、埼玉県北部の利根川沿いの都市で、この「さびしい町」の高等尋常小学校に赴任した主人公の清三《せいぞう》は、「自分のさびしさにしばしば涙を流し」、文学や音楽によせる望みは叶えられず、月に二回の登楼を唯一の楽しみに鬱屈した生活を送り、病床で日露戦争の勝利を祝う万歳の声を聞きつつ、肺病で亡くなる。この陰鬱な小説を思い出すたびに、心に浮かんでくるのは、まだ見たこともない「ひょろ長い」ハンノキであった。たしかに、わが休耕田に林立するハンノキはみんな「ひょろ長い」。高さ六、七メートルはあるだろうか。

ハンノキは、湖沼や湿地がかわいて陸になった場所に最初に生える木のひとつとされ、羽生も夷隅川沿いのわが家周辺も、その昔は湿地だったと推定される。ヤナギの自生地も同様である。「植生」はその場所の過去を伝える語り部である。

その次に多く見られるのは、アカメガシワである。これもひょろ長い木で、生長はハンノキより速い。アカメ（赤芽）という名のとおり、春先、紅色の若葉をひろげ、根本には、同じ鮮やかな色をおびた幼木が何本も生えているのを目にする。わが家では、薪ストーブの薪として珍重している。伐りやすく、割りやすい木である。

アカメガシワと同じように繁殖力旺盛なのが、ヌルデである。はじめて耳にする名前だったが、一度その名を確認し、複葉の葉の軸に「ひれ」のようなものがついているという特徴を知るや、ほかの場所にも多く見られることがわかった。これも「鳥からのプレゼント」にちがいない。

休耕田Dでは、切り倒されたウツギが新芽をのばし、いまでは高さ二メートルもある大きな株が、一帯を埋め尽くすまでになった。たしかに「空木《うつぎ》」という名のとおり、幹を切断してみると、中心が空洞になっていることがわかる。初夏になると、白い卯の花（ウツギの花）の甘い匂いがハチを呼び寄せ、近所の人たちが花を手折りに来る。

そのほか、ヤマザクラ、クワ、エノキなど、近くで顔馴染みの木のなかに、ただ一種類一本だけの木が生えていた。ネムノキである。車窓から目にしたことはあったが、身近に見るのははじめてだった。それはまぎれもなくネムノキであった。植物図鑑に書いてあるとおり、夏の日没前に紅色の花が開き、マメ科の植物どおり、エンドウのような実をつける。一本しか生えていないというところに希少価値を感じた。

広場の開拓

自然は、人間がきめた境界などには関係なく、枝を広げ、根を伸ばす。わが家の西側（休耕田は東側）にはヒノキ林と竹やぶが隣接していて、ヒノキはひたすら上に伸び、竹やぶは黙々と根を周囲に拡大していた。

「あら、こんなところに、竹が……」

畑のニンジンを抜いていたカオルが大きな声をあげた。近くで草刈をしていた私は、刈払機のエンジンを止めた。しばらく前にコマツナの収穫を終えた畝のなかほどに、皮をかぶった竹が突き出ていた。畑のなかの竹を目撃するのははじめてだった。畑だけでなく、庭全体が不快な異物に侵されたような、そこに存在してはならないものが出現したような、そんな感じがした。

いつも土地の境界から一メートルほどの幅で竹やぶを根本から切って、侵入防止に努めていたが、竹のほうも地下で地道な努力をつづけていたようだ。畑を掘ってみると、直径二、三センチはある太い根が地中を伸び、さらに掘ると、太い根は分岐して、さらに伸びている。根を掘りあげ、引っ張る。まだまだつづいているようだ。

畑を縦断した根は長さ七メートルにおよび、途中で枝根を何本も出し、ところどころでナイフのように尖った芽を地上に向けて突き出していた。畑の下は竹によってほぼ占領されているものと考えられた。放置すれば、そのうち、畑は竹やぶと化し、さらには庭全体が竹やぶとなるのは必定。

かくして、竹の根の除去は、快適な田園生活には避けることのできない仕事となった。新しい仕事は、庭に侵入した竹の根茎をすべて掘りあげることからはじまった。それまでわが家にはスコップはひとつしかなかったが、もうひとつ買い足し、カオルと私は、根掘りに汗を流し、よくぞこれほど地下に潜んでいたと思われるほど大量の根を庭の隅に積みあげた。畑のどこを掘っても、スコップの先が「コツン」と根に突き当たるという状態だった。よくもそれまで気がつかなかったものである。

畑に侵入した竹の根の除去の次の課題は、竹やぶそのものの除去である。ここでも土地の所有者との関係が懸念されたが、近所の農家の山代さんに相談すると、近所迷惑の放置された竹やぶは、切っても問題はないとのことだった。山代さんの畑にも隣接している竹やぶで、気にはしていたようだった。

作業の詳細は省くが、一反の土地に生えていたすべての竹を伐採して焼却処分するのに三年、その跡地の一部から根を掘りだし、畑にするのに二年もかかったといえば、その苦労のほどがわかっていただけるだろうか。

「よー、明るくなった。ここは、カボチャ畑にでもするといいよ」と、山代さんも喜んでいる様子だった。

休耕田の場合と同様、放っておけばふたたび竹が生えてくるのは目に見えているので、それを抑えるために、何か木を植えるのも一法と、庭のクリの木の下に芽生えた実生のクリの苗木を二本、移植することにした。そして、あたり一帯を「クリ広場」と命名した。命名は新しい歴史の出発点である。その昔、大西洋を横断したコロンブスが、最初に上陸した島を「サン－サルバドル島」と命名したところから、アメリカの新しい歴史がはじまり、ヨーロッパ世界が拡大したように、「クリ広場」とともにわが家の生活圏も拡大した。

まさに竹ほど猛々《たけだけ》しいものはない。植林して二十年以上にもなるヒノキ林は半分以上もマダケ（真竹）に侵略されていた。約二メートル間隔で整然と植えられたヒノキは、いまや高さ十メートルにも達し、鬱蒼と枝葉を広げていたが、それに拮抗するかのように、あるいは、背比べするかのように伸びる竹をながめて、製材所も経営していて、材木に詳しい工務店社長の秋山さんは、ため息をついた。

「これじゃー、幹のなかにスがはいって、使いものにならない。枝打ちもやっていないようだし……」

「ス、ですか。よく大根にスがはいるとか、湯豆腐にスがはいるとかいいますが、あれですか」

「まあ、同じようなもので、ヒノキ林やスギ林に竹が生えると、幹に空洞ができて、材木にならない」

「ス」は、漢字で「鬆」と書くようで、「ショウ」とも読み、「骨粗鬆症《こつそしょうしょう》」などに使われている。要するに、竹がヒノキを侵害しているということのようだが、わが家にとっての問題は、それよりも、「クリ広場」の場合と同様、竹の根茎の侵入である。

ヒノキ林の手入れをしていたお爺さんは数年前から姿を見せなくなり、その娘さん夫婦はヒノキ林をもてあましているようだった。町内のスギ林やヒノキ林の多くは、まったく手入れのされていない、休耕田ならぬ「放置林」で、高くそびえるスギやヒノキは、まさに「宝の持ち腐れ」である。鬆のはいった木を「宝」に戻すことはできない。

私はヒノキ林の所有者の娘さんに相談して、家に倒れるおそれのあるヒノキの伐採、倒木の処分、竹の伐採の許可を得て、また例によって、竹とのたたかいがはじまった。たたかいといっても、破壊するだけではなく、竹ざお、竹細工、畑の支柱、飾りものなどに竹を利用することができた。子供のころ、竹馬で遊んだことを思い出し、見よう見まねでつくってはみたが、うまく乗ることはできなかった。

こちらはひと冬で伐採を終えたが、何と、その先には、さらに深い竹やぶが待ちうけていたのである。北原白秋の詩の一節「からまつの林を出でて、からまつの林にいりぬ」にならえば、「竹やぶを出でて、竹やぶに入りぬ」である。枯れた竹が縦横無尽に倒れかかり、行く手を遮っていた。一歩進むためには、何本もの竹を伐採して、道を切り開かねばならなかった。周囲に林立する太い竹を見渡し、私は、思わず、「絶望的とは、まさに、こういうことなのか」と、となりで竹にノコギリを当てているカオルに呟いたものだった。近くには、洪水で流れてきたと思われる、錆び付いた電気洗濯機やタイヤ、一升瓶などが転がっていた。

　このなかば枯れた竹林の向こうが川だった。まず、そこまで道をつけ、空き地を広げ、クリ広場への通路も切り開き、毎年、伐採して高く積み上げた竹を焼却し、小山のように盛りあがったその焚き火の灰の中でホイルに包んだサバやアジなどを蒸し焼きにするのが冬の恒例の「行事」になった。時には、それが元日の「仕事はじめ」にもなって、焚き火の熾火《おきび》で餅を焼いたりして、冬の一日をすごした。

　すべての労働にはさまざまな形で報酬がある。この「絶望的な」竹林の伐採の報酬は、エノキの大木の発見だった。すでに触れたように、胸高直径一メートルという、近隣では最大級の木で、太い腕のような枝を何本も空高く広げる様は、仁王立ちの像にたとえられようか。高く伸びた竹に遮られて見えなかった、その大木は、周囲の竹を伐るにしたがって全貌をあらわし、近くのヒノキ林や、クワの大木などを守るように覆っていることが見て取れた。

　私はためらうことなく、その場所を「エノキ広場」と命名した。

　こうして、私とカオルは、四つの休耕田と二つの広場の管理人というか草刈人となったのである。

第八章　草花に親しむ

無知ゆえの楽しみ

　春のある日、家の前の道端で薄紫色の花を見つけた。小さな唇を開いたような、何か可憐な花だった。はじめて見る花で、当然、名前は知らない。ひと茎を手折り、居間のテーブルのコップに挿した。珍しい草花を見つけたときのわが家の習慣である。

「何の花かしら……」と、カオルは、顔を近づける。

「さあー、何という草なのか……」と、私。

　例によって、書棚から何冊かの植物図鑑をひっぱりだす。田舎住まいをはじめる前から植物に興味があって、図鑑だけは揃えてあったが、知識はほとんど無に等しいことを自覚していた私にくらべ、信州で生れ育ったカオルは幼いころから自然に親しみ、花の名をよく知っていた。彼女もはじめて目にする草花のようだ。

　朝食後の小一時間、図鑑のあちらのページ、こちらのページをめくり、目の前の草と引き比べる。わかっているのは春に花が咲くこと、その花の形と色、葉のつき方、茎は角張っていて、長い蔓のようになっていること、葉は縁がなめらかな歯車のような形をしていることなどで、あまり手がかりになりそうにも思われない。大勢の群集のなかから、手配写真と似た人を探すようなものである。

図鑑といえば、五、六歳のころの息子のキョウのことを思い出す。親戚からプレゼントされた『交通機関の発達』という図鑑がすっかり気にいり、家にいるときはほとんどの時間をその「読書」に費やした。「読書」といっても、写真やイラストを眺めているだけであるが、そのうち、ミニカーに夢中になり、何人もの親戚の叔父さんや叔母さんから「新車」をプレゼントされ、次つぎと車の名前を覚えるようになった。文字も車の名前から覚えたようだ。私は自分が乗っている車以外にはほとんど車の名前を知らなかったが、彼は、バンパーやボンネットなどを見ただけで、その車の名前を言い当てることができた。私には同じようにしか見えないものが、彼の目には色が違うように異なって見えていたにちがいない。

草花の名前を覚えることも、車の名前を覚えることも、同じではなかろうか。五歳の子供のように、植物図鑑に没頭するしかない。未知の草花に遭遇したとき、「あッ、これは図鑑のあそこにあったではないか」と言えるようになればいいのだが……。

静かな室内にページをめくる音だけが聞こえる。

「これじゃないかしら」と、カオルは、愛用の植物図鑑の図像を指さした。全三冊の詳細な図鑑よりも、簡便な図鑑のほうが初心者には使いやすい。

そこには「カキドオシ」と記されていた。

「こ、これだ、これ」と、私は興奮を抑えきれずに叫んだ。図鑑の図像は道端で引き抜いた草とそっくりだった。というより、道端の草が図鑑にそっくりなのか。だいたい、「似ている」とはどういうことなのかと考えはじめたりすると、話は限りなく長くなりそうだ。「本物」は道端の草にちがいないが、それを判別する基準になるものとしては手元の図鑑しかない。ほかの図鑑とも照合したが、図像も指摘されている特徴も一致する。角張った茎は、正確には断面が四角であることもわかった。漢字で書くと「垣通し」で、垣根を通り抜けて伸びるところから命名されたという。詳細な図鑑には「道端に普通な多年草」とあるが、知っている人には「普通」であっても、そうでない人は生涯気づかないかもしれない。たまたまその存在に気づいたのは、私の幸運なのかもしれない。

かくして、私が道端で手折ってきた草は、カキドオシという名前であるらしいこと、ほぼそれにまちがいはないであろうということで、ふたりの見解は一致し、たがいに何か新しい知識を得たような快感、難問を解決したような感動を感じた。一時間前には、カキドオシという草の存在を知らなかった者が、いまやその存在とその名前を知ったのである。私自身にとっては、カキドオシの「発見」である。博識の人には、何でも知っているという楽しみがあるように、無知の人には、万人周知の些細なことを知って喜ぶことができるという「無知ゆえの楽しみ」がある。

そこで思い起こされるのが、イギリスの哲学者、バートランド・ラッセルが『幸福論』に記しているこんなエピソードである。

アメリカの大学を訪ねた際、学生にキャンパスに接する森に案内されたことがあった。森には美しい花がいっぱい咲き乱れていたが、学生のなかに、それらの花の名をひとつでも知っている者は、誰ひとりとしていなかった……。

ラッセルは、花の名を知ることや会話を楽しむことを「静かな快楽」と呼び、いまや若者がそのような快楽を知らないことを嘆き、「根本的な幸福は、何よりも人やものにたいする友好的な関心に依存している」と述べている。

花の名前ひとつを知っただけで、幸福になれるのである、幸福になっていいのである。

名前を知るということ

カキドオシ「発見」の翌日、同じ場所に立って、草むらを見渡すと、昨日はたったひとつしか目につかなかったカキドオシが、あちらにも、こちらにもあることに気がついた。それはまるで「わたしはここにもいるのよ」と、小さな唇を開いて私に語りかけてでもいるかのようだった。禅に関連する名言集『禅林句集』に、「人、花を看《み》、花、人を看る」という言葉がある。まさにその境地を実感した。ここにも、作用と反作用、刺激と反応の関係が発生しているのかもしれない。

これまでにも何度か触れたが、かねてから、それまで知らなかった草や木の名前を覚え、その特徴を知るや、同じものの存在に敏感に気づくようになるのはなぜなのかと、不思議に感じていた。カキドオシの「発見」前に目に映った光景と、「発見」後に目に映った光景はほとんど同一であるのに、なぜ「発見」後の光景に多くのカキドオシを「認識」したのであろうか。

同じものを見ているはずなのに、「見えているもの」はなぜ異なるのだろうか。
　これはものごとを認識するとはどういうことかについて考える「認識論」の問題のひとつで、私の知るかぎり、これをもっともわかりやすく説明しているのが、ゲーテの次の言葉である。

誰しも、自分に理解できることしか耳にはいらないものだ。（『箴言と省察』）

これを植物観察に当てはめると、こんなふうになる。

誰しも、自分の知っている草花や木しか目にはいらないものだ。

人間は、知識というフィルターを通して対象を見ているのである。カキドオシの「発見」の前後では、ものを見るフィルターが異なっているので、見えるものも異なる。何を認識するかは、対象によってではなく、認識する側の人間に備わった認識の形式（知識もそのひとつである）によってきまることをはじめて明らかにしたのは、ドイツの哲学者、カントである。カント以前は、認識の主役は対象にあったが、カント以後は、認識主体（人間）が主役となった。このような主役の交代を、カントは『純粋理性批判』で、「認識のコペルニクス的転回」と呼んでいる。
　ものごとを知るということは、要するに、その名前を知ることにほかならず、名前を知ることで、対象とより親しくなることができる。初対面の人とまず最初に確認しあうのは、たがいの名前である。相手の名前を知っただけで、親しみが生れる。自然についても同様である。

ある時、親戚の三、四歳の男の子が、空を指さしてこんなことを言った。

「あの、白い、まーるいの、なあーに」と。

満月の夜だった。私は、月という名前を教え、地球のまわりをまわっている大きな石のかたまりで、太陽の光をはねかえして光っているといったことを説明した。彼は、わかったような、わからないような顔をして、「あれがツキなのね。ツキ、ツキ」と何度も何度もつぶやいていた。言葉は世界のインデックスである。言葉をひとつ知れば、それだけ世界は広がる。世界の様相は、その人が知っている言葉によってきまる。

生物の世界について言えば、「進化論」で知られるイギリスの生物学者、ダーウィンの体験がそのあたりを如実に伝えている。医者であった父親の命令で大学で医学を学んだダーウィンがもっとも興味を持っていたのは動植物の採集、とりわけカブトムシのコレクションで、大学を卒業するころには、一人前の博物学者として知られていた。その生涯を決定づけたのは、ビーグル号による世界一周航海である。二十二歳のダーウィンは、イギリス海軍の調査船に博物学者として乗船し、大西洋から南アメリカ、南太平洋、オーストラリア、インド洋、そして、アフリカ大陸南端をまわって、イギリスに帰港するという、四年十か月におよぶ航海のなかで、後に「進化論」に結実する研究資料を得たが、それにともなう知の感動、知の快楽を要約しているのが、ブラジルのリオに上陸した際の記述である。

この雄大な地方で数週間も過ごすことほどすばらしい喜びはなかろう。イギリスでは博物学の愛好者は、歩けばかならず何か注意をひくものに出会うので、たいへん役に立つ散歩を楽しみにしている。しかし、この地方の肥沃な風土では、生物がいたるところに充満していて、眼をひくものは限りがなく、ほとんど歩くこともできないほどである。

（『ビーグル号航海記』）

人ごみのなかで、次つぎに顔見知りの人に出会い、そのたびにひとりひとりに挨拶して、なかなか前に進めない、といったような情景である。もちろん、それを苦にしているわけではない。それを楽しんでいるのである。世界がどのように見えるかは、見る人の知識しだいである。昆虫学者の目に映る世界と、植物学者の目に映る世界とは、まるで別世界であろう。ダーウィンは『ビーグル号航海記』の最後に、長い航海から得た結論のひとつをこう述べている。

旅行者は、植物学者たるべきである。というのは、あらゆる風景において、植物が主要な装飾となっているからである。

自然の風景に接するのは旅行者だけではない。都会にも田舎にも、自然はある。植物学者と

までは いかなくとも、植物に関心をもつだけで、日日の散歩も楽しくなるはずである。
このような「静かな快楽」を楽しむ老人の姿を、イギリスの小説家、ギッシングが、自伝的な随筆『ヘンリー・ライクロフトの私記』で描いている。主人公は、草花を愛でる楽しみを与えてくれた花に感謝したいが、どのようにしたらよいだろうかと考える。せめて自分にできるのはひとつひとつの花に挨拶することぐらいであると思案し、「散歩の途中で出会うすべての花をひとつひとつ名ざしで呼べるようになりたい」と願う。そして、植物の研究を生きる楽しみのひとつとするようになる。

植物調査ボランティア、新種の発見も

植物とより親しむことのできる機会が到来したのは、数年前の春だった。千葉県立中央博物館の植物学研究科では、以前から県内の植物分布調査をボランティアの協力を得て行っていたが、新たに、いすみ市と大多喜町について調査を実施するというのである。市の広報誌でボランティア募集を知り、私とカオルはためらうことなく、応募した。ボランティア活動に応募するのは、ふたりにとってはじめての経験だった。
大多喜城分館の研修室で開かれたボランティアの説明会に集まったのは、二十数名の中高年者で、博物館の研究員から、調査の目的、植物の採集方法、植物標本のつくり方、標本の提出の仕方などが説明され、近くの野原でそれぞれ草花を採集することになった。私はわが家の庭でよく見かけるカラスノエンドウを、カオルは庭の芝生を荒らすスズメノカタビラを採った。

草花を手に研修室に戻り、標本のつくり方の実習になった。標本はセロテープなどで貼り付けないで、新聞紙にはさんだまま提出することになっていて、新聞紙には、採集した場所、そのメッシュマップ（一キロ四方に区画されている）の番号、採取した日付、推定される植物の名前、採集者の名前を記す。期間は三年間である。

私が新聞紙にマーカーで「カラスノエンドウ」と記すのを目にして、研究員は、「それでもいいんですが、最近は、ヤハズエンドウといっています」と教えてくれた。

「カラスはわかりますが、ヤハズというのは、もしかして、矢の端の部分のことですか」と私は訊いた。

「そうです。豆のはいった莢《さや》が熟すと黒くなるので、カラスといったのでしょうが、ヤハズエンドウは、葉の形が矢筈《やはず》に似ているところに着目した命名ですね」と研究員。

早速、植物学の勉強である。説明会の帰り、そのことをカオルに話すと、

「でも、カラスといっても黒くないものもあるわよね。たとえば、カラスウリ。あれ、熟すと赤くなるわよね」

「たしかに。何でカラスウリなんだろう」

いまだにその謎は解けていない。

「郷土の植物を記録して子孫に残そう！」というのが植物調査のモットーである。最初に向かったのは、家の近くの「エノキ広場」の大木である。葉や樹形、秋に落下する小さな黒っぽい実などから、エノキと推定していたが、確たる証拠はなかった。春先のことでまだ花も実もつ

いていない。採集できるのは、葉と枝のみ。しかも、高い所にある。アルミ製の二連梯子を掛けて、小枝を切り取ることができた。

次に向かったのは庭の畑で、かねがね目の敵《かたき》にしていた二種類の「雑草」を根から掘り起こして採集した。ひとつは、細長い葉をつけ、地中にのばした糸のような根の先に小さな球根のような塊のある草である。もうひとつは、先の尖った三角形の葉を三枚つけた草で、どちらも、毎年、四月、五月に季節の訪れを知らせるかのように顔を出す、抜いても抜いても「根絶」できない、手に負えない「雑草」である。

例のカキドオシをはじめ、名前がほぼ推定できる草を庭で集め、ふたりで合計五十一点の標本を博物館に提出した。約一か月後、博物館から植物をめぐるさまざまな話題をとりあげた「いすみ大多喜植物調査通信」とともに、「標本同定結果」が送られてきた。それによって、「エノキ広場」の大木はまちがいなくエノキであること、畑の「雑草」は、ハマスゲとカラスビシャクという名前であること、カキドオシも「正解」であることなどがわかり、また、多くの未知の植物の名前を知ることもでき、われわれふたりの採集者は、植物調査ボランティアの初仕事の成果に祝杯をあげた。

はじめはもっぱら自宅周辺で植物採集を行っていたが、数か月もすると、大部分の草花や樹木と「顔見知り」になって、ほかの地域にも目を向ける余裕が出てきた。天気のよい日に、ハイキングにでも行く気分で、ハサミ、草抜き、ルーペ、大きなポリ袋、タオル、カメラなどの植物採集「七つ道具」とともに、弁当持参で出かける。公園や広場の駐車場などに車を止め、まず、木陰で手作りの弁当をひろげ、腹ごしらえ。そして、「七つ道具」を携えて野を行き、日の傾くころまで植物採集。説明会で言われた「採集資料はその日の内に整理」という教えを忠実に守り、夜おそくまで標本作りの作業がつづく……。

私もカオルも、ボランティアに参加したのは、暇をもてあましていたからではなく、また、何か「社会」のために尽くすためでもなく、ただひたすらに自分たちの関心と楽しみのためという、自分本位の動機からであった。少なくとも私には、他人本位の行動などというものはありえないことだった。他人本位の行動の行き着くところは、自らを他人の奴隷にすることにほかならない。

しかし、自分本位といっても、他人の目には、不可解なところもあるにちがいない。田圃のあぜ道などで草の採集に没頭しているボランティアを通りがかりの人が見て、「いったいこの人はこんなところで何をしているのだろう」と怪訝《けげん》に思うかもしれない。むしろ、そう思うのが普通であろう。普通の人は、そんなことはしないものだ。

普通の人はあまりしないことをするのが、コレクターである。コレクターにもいろいろあるが、小説『ロリータ』で有名なロシア生れのナボコフは、蝶のコレクターとしても知られていて、その自伝には、黒海を見下ろすクリミア半島で蝶を採集中、沖のイギリスの軍艦に捕蝶網で合図を送ったという疑いで危うく逮捕されそうになったこと、ピレネー山脈では村人に、アルプスでは警官に尾行されていたことなどが記されている。スパイにでもまちがえられたのであろう。移住したアメリカではいっそう「病的な関心」を集めたが、それは「捕蝶網片手にぶらぶらしていると、変人に見えるからなのだ」（大津栄一郎訳）という自己分析もうなずける。

ナボコフほどではないが、私とカオルも、植物採集中に、誰何《すいか》されたことがあった。見知らぬ場所で採集を行う際は、かならず近くにいる人にこちらの趣旨を説明し、許可を得ることにしていた。その日も、畑を耕していた老婦人から同意を得て、道沿いの斜面を探索していると、背後に軽トラが停車し、

「おい、そこで何をしてるんだ」という大きな声が聞こえた。

振り向くと、日焼けした若い、青年団のリーダーといった感じの男が窓から首を出して、こちらを凝視していた。私は、採集した草花のはいったポリ袋を見せ、

「植物採集をしているんです」と言いながら、博物館から送られてきた「植物調査ボランティア証」を示した。男は怪訝な顔をして、

「許可をもらったのか」と詰問する。不審者をみる目つきである。

「ええ、近くにいたおばさんにことわりました」と、私は道のかなたを指さしながら答えた。

男は怪訝な顔を崩さず、走り去った。

何か不愉快な気分が心に残ったが、走り去った若い男も同じような気分だったかもしれないと思うと同時に、たとえば植物採集と名乗れば、疑われずにスパイ活動もできるかもしれないなどと妄想した。こんな過疎地でスパイする対象などあるとは思えないが、ナボコフもわれわれふたりも、本来のスパイだったのかもしれない。スパイ（spy）の語源をたどると、「よく見る」「精査する」といった意味の言葉にたどり着くからである。

こうして三年間、「スパイ活動」をつづけ、博物館に提出した標本の点数は、カオル四百十九点、私は二百九十一点に達した。全体では一万千二百五十六点にのぼり、いちばん多い人は、千七百点以上で、私とカオルのふたりの合計点数七百十は、ベストテンの第六位であった。

自宅付近のメッシュで採集されたものは二百四十九点で、そのうち四十四点は木本《もくほん》、残りは草本《そうほん》である。三年間で「顔見知り」になった植物が飛躍的に増えたことはまちがいない。カキドオシに頭をひねっていたころのことが懐かしく思い出され、このようなボランティア活動の機会を与えられたことに感謝するばかりであった。

それから約一年後、すばらしいニュースが掲載された「いすみ大多喜植物調査通信」が送られてきた。ボランティアのひとりが発見した植物が、何と、新種であることがわかったのである。スズカケソウの仲間の新種で、「イスミスズカケ」と命名された。「植物通信」には、「植物調査がすすんでいる日本国内で種子植物の新種が発見されることは大変珍しく、これほど美しい花を咲かせる植物が今まで知られずにいたことは、驚くべき事です」と記されている。まだ一か所しか見つかっていない自生地には、わずか二百株ほどが生えているだけで、それも、世界で千葉県いすみ市にしか生育していないという。このようなすばらしい成果を生んだボランティア活動の一端に参加できたことを、誇りに思う。

年年歳歳花相似

人間の生活の大部分は、同じことの反復から成り立っている。反復にも、一日、一週間、ひと月、一年など、さまざまな単位があるが、田園に住んでいていつものことながら新鮮に感じるのは、一年という時間をへて繰り返される、というか、再現され、回帰する、動植物の様相、とくに草花である。毎年、庭に同じ花が咲くのを見ると、何かほっとした気分になる。反復は秩序のあらわれである。ものごとの秩序感が心に安らぎを与える。

春になるといつも思いおこされるのは、中国の唐代の詩人、劉廷芝《りゅうていし》の、よく知られた詩である。

年年歳歳花相似たり
歳歳年年人同じからず

中学校の国語の教師が、毎年、新しい生徒が入学する新学期に、しみじみとこんな気持になると言って、教えてくれた詩である。それ以来、毎年、春になると思い出し、田舎に住むようになってからは、ひとしお共感を覚えるようになった。ただし、国語の教師は「人」を新しい生徒と解するのにたいして、私は「人」を花を見つめる自分、時間の経過とともに年老いてゆく自分と受け取る。詩の前半は、時間を超えて回帰する自然の営みを、後半は時間とともに変化する人間、自らの時間の終末へとむかう人間の姿を描いている。

このことを直截に表現しているのが、やはり唐代の詩人、岑参《しんじん》のこんな詩である。

今年《こんねん》の花は去年《きょねん》の好《よ》きに似たり
去年の人は今年に到りて老ゆ

今年の花は去年と同じように美しく咲いているが、去年、その花を眺めた人はひとつ年をとった、という、花と人間との対比のなかで語られているのは、劉廷芝の詩と同様、花と人間における時間というもののあり方の違いである。人間の場合、過去を反復することも、また、世を去った人に再会することもできないが、花の場合、人間は寿命があるかぎり、また、自然環境が激変しないかぎり、毎年、何度でも同じ花に再会することができるのである。去年の花は時期が来て枯れ落ちるが、こぼれた種子から一年後には再生する。毎年、同じ花を見ることができるという、このあたりまえのことが何かすばらしいことのように思えないだろうか。

毎年の再会を楽しみにしている多くの花のなかから、まず最初に紹介したいのが、タツナミソウである。十数年前、庭の南東のケヤキの根本の近くで見つけた草で、目を惹きつけたのは、高さ十数センチの細長い茎の上端を囲むようにして咲いている薄紫色の花である。時は五月中旬、まわりの緑のなかで、その薄紫色はひときわ輝いていた。小さなスプーンのような形をした、長さ二センチほどの花は茎から斜め上にのび、スプーンの先端から何か舌のようなものを突き出していた。大きなランの花が小さなスプーンに凝縮され、しかも、それによって花の美しさはいっそう増したかのように思われた。その小さな花が一隅を埋めつくし、空間を薄紫色に塗りつぶしていたのである。私の頭に浮かんだのは、「可憐」という一語だった。

庭や近隣を探してみたが、同じような花を見つけることはできなかった。庭のこの一隅の環境が適していたのであろうか。その後も、ほかの場所では同じ花を見かけることはなかった。タツナミソウという名前は図鑑と首っ引きで推定したもので、同じ仲間には、オカタツナミソウ、ヤマタツナミソウ、コバノタツナミソウなどがあることがわかった。世界は分け入れば、分け入るほど、道は分かれるようだ。その標本を千葉県立博物館に提出したところ、正しくは、オカタツナミソウ、と同定された。

移住してはじめて確信をもって名前を「同定」したのは、ニワゼキショウである。芝生や道端でよく見かける花とされているが、三十歳をすぎるまでまったく無縁の植物だった。あまり植物や地面に関心がなかったのかもしれない。春から夏の田園の地面に目を向ければ、たいていどこかで目につく植物であることがわかってきたのは、この四十数年である。群生する赤紫色の、直径一センチもない小さな花を一度見たら、もう忘れることはない。

私はニワゼキショウの花を愛でるだけで、開花の前後についてはまったく知らないというか、無関心であったが、カオルは、早春に草取りをしながら、「これは、ニワゼキショウ」と私に教えてくれた。地際から幅の広い、先の尖った長めの葉をほぼ水平に広げるのが、その特徴である。たしかに、そのような草から、ニワゼキショウの花が咲くのを私も確認した。そして、花が終わると、燃えつきた線香花火の先にできる赤紫色の玉のようなものができることも、確認した。おそらく、次の春に花を咲かせる種子であろう。

ネジバナ。これは、見ただけで、その名前がわかる、というか、すぐ思いつくが、道端で普通に見かけることができるといった花ではない。わが家の歴史でも、この花が庭に「出現」したのは、自生の芝生が広がりはじめた定住十数年後である。直立した高さ十数センチの茎に、桃色の小さな花がらせん状に巻きつくように咲いている姿は、ほかには見られない独特のものである。茎に密着して花が咲く草はほかには見たことがない。その独特の姿が芝生に登場する五月すぎには、これを刈り取らないように芝刈りには特別の注意が必要となる。電動の芝刈機の進路を右に左に微妙に操作しながら、ネジバナを避けて芝を刈る。そのあとには、芝の緑を背景に、あちらこちらに屹立《きつりつ》する桃色の花だけが残る。

自宅周辺以外でみつけたものとしては、ムラサキケマンがある。自宅から車で数分のところに、十五世紀のはじめに築城されたという万木城《まんぎ》（当時は万喜城）跡があって、年に二、三度、ハイキングがてら弁当持参で出かけることがある。滝沢馬琴の『南総里見八犬伝』にも記載されている、いすみ地方では有数の城で、櫓台のあった場所に建てられた天守閣風の展望台から、大多喜の丘陵地帯、茂原へとつづく平野、九十九里浜の南端の太東岬あたりの太平洋などを一望し、眼下には青青とした水田がひろがるという、何度来ても見飽きない状景を楽しむことができた。

五月半ばの暑い日差しを避けて木陰にはいると、湿った斜面の一角に、紅紫色をした花が目についた。あたりの薄暗さを明るくするような紅紫だった。十数センチの高さの柔らかそうな茎の上部に、びっしりと小さなラッパのような花をつけている。強く印象づけられたのは、その微妙な薄紅とも薄紫とも見える色調だった。ひと茎を手折《たお》り、図鑑と照合した結果、ムラサキケマンという名前を見つけることができた。そして、わが家の庭の木陰にもあることがわかり、ムラサキケマンに再会するために、万木城跡まで行かなくてもよいこととなった。

最後に紹介したいのは、田舎の道端ではよく見かけるシャクという白い花である。通りすがりの目撃ではほとんど印象を残すことはないが、これが、菜の花畑のように群生すると、誰しも圧倒されることはまちがいない。

「エノキ広場」を開拓して数年後、数百坪の広さの土地一面に、真っ白な花が咲き誇っていたのである。まさに山村暮鳥の詩「いちめんのなのはな　いちめんのなのはな……」ではないが、「いちめんのシャク　いちめんのシャク……」なのである。

シクラメンは「豚の饅頭《まんじゆう》」

ギッシングもいうように、植物は正しい名前で呼びたいものであるが、なかには口に出しにくい名前もある。

たとえば、オオイヌノフグリ。果実の形が犬の睾丸に似ているところからの命名である。いつごろ誰がつけたのかわからないが、春先の野原のいたるところで目につく青い小さな花ではなく、その存在も忘れかけた秋につける果実に着目するというのは、いささか奇異に感じられる。秋になって、生い茂る草原でオオイヌノフグリを見つけるのは容易ではなく、残念ながら、私はそのフグリに似ているという果実を見たことがない。

私がこの草を命名するとしたら、「アオイヒトミ（青い瞳）」という和名をつけたい。わが家では、これをVeronica persica（ペルシアのヴェロニカ）という学名から、「ヴェロニカ」と呼んでいる。私とカオルのふたりにしか通じない名前であるが、英語名は「鳥の目」ないし「猫の目」である。「目」に着目したのは大いに納得できる。

この「ヴェロニカ」という名は、イエス・キリストの最期に関連する、次のような「ヴェロニカ伝説」に由来するとされている。

イエスは、はりつけにされるゴルゴタの丘へと引き立てられていた。その姿を目にしたある女性が、頭に巻いた布をイエスに差し出すと、イエスは顔の汗をぬぐい、布を彼女に返した。その布には、イエスの肖像が写っていた。

この伝説は中世以来、広く知られるようになり、多くのカトリック教会では、「十字架の道行き」の十四の場面の六番目として、ステンドグラスなどに描かれているという。「ヴェロニカ」は「真実の像」という意味で、イエスの姿を示唆し、イエスに布を渡した女性は聖女ヴェロニカと呼ばれるようになった。このように、植物名としての「ヴェロニカ」は、イエス・キリストと関連していることがわかる。日本では古くからオオイヌノフグリという名前が定着していたとも考えられるが、和名の命名者が、そのあたりの関係を知っていたら、別の名前をつけたかもしれないし、また、英語名を知っていたら、フグリなどは持ちださなかったのではなかろうか。

植物の英語名との関係から和名がつけられた例として、シクラメンがある。学名Cyclamenは、「まるい」という意味の言葉に由来し、どこがまるいのかといえば、球根である。たいてい球根はまるいものときまっているが、いったん学名に使われた言葉は、ほかの種に使うことができないので、学名の上では、まるい植物といえばシクラメンに限られる。このシクラメンの英語名は、sowbread、「豚のパン」である。豚がシクラメンを食用にしていたかどうかは不明であるが、和名の命名者は、これを日本風に、「豚の饅頭」とした。この和名は、一八八四（明治十七）年に出版された松村任三『日本植物名彙』に出ていて、明治初年の植物学者の工夫がしのばれる。小椋佳の名曲『シクラメンのかほり』も、『豚の饅頭のかほり』というタイトルではだいぶ趣が異なったことであろう。

顔なじみの草が、外国ではどのように呼ばれているかを知るのも興味深い。たとえば、毎年の再会を楽しみにしているタツナミソウ。外国名も和名も、茎の上端の小さな花の形からの類推によるもので、私はスプーンに見立てたが、和名は、「立つ波」で、花を波しぶきに見立てた命名である。

タツナミソウ属の英語名は、skullcap、頭蓋骨である。花の上部のふくらみが頭の形に似ていないこともない。和名に「変換」すれば、「ズガイコツソウ」とでもなろうか。ドイツ語名は、Schildkraut、盾である。茎から斜めに突きだされた花の姿を武器に見立て、花の微細な彩りは盾に描かれる紋章に対応すると考えれば、納得できる。「タテノグサ」とか。フランス語名は、scutellaire、小さな盃である。「サカズキソウ」とでもなろうか。

このように花の名前に投入された、さまざまな地域のさまざまな想像力を知ることで、花の見え方も異なってくるかもしれない。去年までは「スプーン」に見えたものが、来年は「頭蓋骨」や、もっと斬新なものに見えるかもしれない。来年の再会が楽しみである。花に限らず、名前や過去の印象にとらわれずにものを見ることができれば、いままでとは異なった新しい世界がひらけ、何か興味深い発見があるかもしれない。

花が終わって、あまり見向きもされない時期の植物の姿から、その名前の由来が推測できるものもある。荒廃した風景のシンボルとしてあげた、セイタカアワダチソウもその一例である。十月から十一月にかけて、文字どおり背の高い茎にどぎつい黄色の花を咲かせるが、わが家の周辺では目につくかぎり、花の前に刈りとるか、抜きとることにしているので、ほとんど花を見ることはなく、当然、花のあとの様子も目にしたおぼえがない。いったい何が泡だっているのか、かねてからの疑問であった。

ところが数年前の十二月の半ば、クリ広場の隅で、私の肩のあたりまでのびたセイタカアワダチソウを見つけた。両手で太い茎を握り、引きぬこうとしたがびくともしない。茎の最上部の花のあとと思われる部分に目をやると、灰色の綿のかたまりのようなものがこんもりとついていた。はじめてみる光景である。それを眺めながら、ひょっとしてこれがアワダチソウの泡なのではないかと、何か発見でもしたような気持になった。泡といえば、泡にもみえ、綿くずといえば、綿くずともいえる。ともかくも、頭の片隅で保留されていた命名の疑問が解決されたように思われた。『原色牧野植物大図鑑』によると、セイタカアワダチソウと同じアキノキリンソウ属のアワダチソウの名は、花序を酒の醱酵した時の泡に見立てたものであると記されていた。私の場合は、種子のつき方からの見立てであるのにたいして、こちらは花のつき方からの見立てである。どちらにしても、泡だっていることは共通していて、私の見立てにも一理ありそうだ。

さまざまな命名法があるが、こういう方法はあまり歓迎できないと思われるものもある。たとえば、ウバユリである。

最初の出会いは、冬の「エノキ広場」で枯れ草のあいだにひときわ高く、一メートルくらいの茎を伸ばしている姿のウバユリで、茎の最上端に扁平な長方形の袋のようなものをつけていた。何本か切りとり、ドライフラワーのつもりで部屋に飾ったが、そのうち袋のようなものが開いて、薄い小さな紙切れのようなものが落ちてきた。定規で測ると、十×十二ミリの大きさの、角がまるくなっている三角形状の、透明な雲母のようなもので、中央に薄茶色の部分があった。おそらくこれが、翼はないものの、風に乗って飛散する翼果であろうと推定した。

この翼果を何枚か庭の片隅に埋めると、何と、翌年の春、発芽して茎をのばし、茎から横に突き出た花が咲くようになったのである。ただし、花が咲くのは、葉が落ちた夏のころである。ウバユリという名は、葉（歯）のないことを姥《うば》に結びつけた命名であるとされているが、そのおおぶりの華やかな花は、歯のない姥のイメージではない。英語名は、heartleaf lily、ハート型の葉のユリ、である。ユリには多くの種類があって、命名に難儀するのはわかるが、もっと優雅なふさわしい名前があってよいのではなかろうか。毎年、この花を眺めながら、私なりの命名を模索しているところである。たとえば、「ハートユリ」などはどうであろうか。

第九章　ネコのいる庭

日日の生活のかたわらにはいつもネコがいる。朝、雨戸をあけて、まず最初に確認するのは、ネコの居場所である。わが家のネコは「庭住まい」で、縁側《えんがわ》におかれた手作りの木造のハウスで寝起きしている。私の足音に呼応するかのようにハウスから「伸び」をしながら出てくることもあれば、庭の片隅から跳んでくることもある。私が「おはよー」と声をかけると、ネコも私に挨拶をする。「ニャーオー」が、「おはよー」と聞こえてくる。

もともと私は、小さいときにイヌを飼っていた経験から、ペットの好みでいえば、「ネコ派」よりも「イヌ派」だった。ネコと親しむようになったのは、三十代の前半、田舎住まいをはじめるころからで、引越しの際、それまで飼っていた、というか、面倒を見ていた野良ネコを連れてきたのが、現在にいたるネコとのつきあいの発端である。それ以来、約四十年のあいだに、親しく接し、名前をつけたネコの数は、二十匹ほどになるだろうか。「最盛期」には五匹もいたネコは、現在、十四年前から共生している一匹のみとなった。

グリの短い生涯

屋外で飼っているネコの場合、その最期を見届けることができるのはまれで、私の経験では、ある日、突然、姿を見せなくなり、そのうち帰ってくるだろうと思っているうちに月日がたち、それっきりになるというケースが多い。ネコは自分の死期を知っていて、それが近づくと、死に場所を求めて旅立つのだという人もいるが、私の観察では、飼い主のもとで最期をむかえるネコもいないわけではなく、いままでに、三匹のネコの最期を看取り、埋葬したことがある。

グリが生れたのは、一九九八年四月二十九日で、その日が「みどり（グリーン）の日」であったところからの命名である。母親は、その二年ほど前からわが家に住みついていたクタである。クタという名は、黒いタヌキのイメージからの命名で、短い尻尾の先が折れ曲がった、小柄な黒ネコで、わが家にきてから二度目の出産である。最初の出産で生れた二匹のうち一匹は、まだ目も開かないうちに絶命したようで、もう一匹の、元気に庭を跳びはねていた雄ネコは半年ほどして姿を消した。

グリは母親に似て尻尾は短いが、目の色は茶色の母親とは異なって青く、背中は黒と灰色の縞模様、腹は真っ白、黒い脚の先は「靴下」をはいているかのように白く、顔は鼻から口のあたりにかけて白い「三角州」がひろがり、額から背中は黒く、全体に、白と黒のツートンカラーである。そのツートンカラーのイメージから、父親は、しばらく前から家のまわりを徘徊していた、同じような模様の、私とカオルがつけた「プレイボーイ」という名のネコと推測された。いかにも身軽で、人間に媚をうるような、きっとネコにも愛想がいいようなネコだった。

春になると、いつも何匹かのネコがクタに言い寄っているように見受けられたが、グリの父親としては、「プレイボーイ」以外には考えられなかった。

クタとグリは物置の段ボール箱で寝起きしていて、居間の前の縁側まで母親にくわえられてきたグリは、はじめ、人間が近よるとすぐ隠れたりしていたが、二か月もすると私たちになれるようになった。差しだした指に小さな手足をあてたり、軽く噛んだり、足元にすぐ寝ころんで白い腹を見せることもあった。白い腹を見せるのは、信頼の情の表現にちがいないと解した。信頼の情はさらに深まったようで、毎朝、「おはよう」という人間の言葉に、「ニャーオー」と挨拶をかえすことも覚えた。

ゴムまりのように庭を跳びはね走りまわる子ネコは、生後四か月頃には、木登りをおぼえ、やがて、イチョウ、マテバシイ、サクラ、エンジュ、タイサンボク、クリなど庭のほとんどすべての木を「登破」した。

「きょうは、サクラの幹にとまったセミをつかまえようとしていたわよ」といったことが夕食の話題になったりして、わが家では、といっても、私とカオルのふたりだけであるが、いつも子ネコの話題で持ちきりだった。

ある日の午後、グリの姿が見えなくなったことがあった。ちょうど書庫の建築中で、裏庭に積みあげられていた材木のあいだにでも隠れているのかもしれないと、母ネコといっしょに暗くなるまで探しまわったが、みつからない。

翌朝、家の外から大工の大きな声。

「車にいましたよ」と、大工の関根さんが、両手につかんだグリを差しだした。家に帰ると、子ネコが軽トラの荷台に乗っていて、飛び出そうとするところをつかまえ、キャットフードといっしょに助手席に保護したとのことだった。関根さんの家はわが家から四、五キロははなれている。助手席に保護されなければ、いくら機敏で賢そうなグリといえども、まだ世間には不慣れゆえ、「自宅」まで帰還できるとは思えない。この出来事は、わが家では「グリの大冒険」として語りつがれることとなった。

私のネコ体験からいうと、子ネコが生後半年くらいになると、母ネコは子ネコを遠ざけて、自立を促すようになる。クタもグリを、歯をむきだし、いかにも怖い顔をして「フー」と威嚇するようになり、グリもいよいよ一人前のネコへの道をたどることになるのかと思われた。しかし、いつのまにか母親の威嚇は中断し、ひと月もすると、母と子は以前のように体を寄せあい、外出から帰宅する私とカオルをふたりで道まで出迎えるようになった。まさに「一心同体」といった感じである。

体の大きさが母親と同じくらいになったグリは、ハンティングもおぼえたようで、冬に庭の落ち葉をあさりに来るツグミを口にくわえている「雄姿」を目撃したことがあった。ツグミは「キュ、キュ」と鳴きながら、グリの口からすり抜け、地面を這うようにして飛び去った。あたり一面に鳥の羽根が散乱し、グリの背中や口元は羽根でおおわれていた。

ふだんはネコに煮干と牛乳をあたえていたが、グリの一歳の誕生日には、人間と同じアジの刺身をご馳走した。ふたりとも「フンガ、フンガ」と歓喜の声をあげながら飲みこむように食べていた。

それから数日後のことである。前からクタの腹が膨らんでいることには気がついていたが、ある朝、物置のネコハウスになっている段ボール箱を覗くと、クタの腹のあたりで何か黒い動くものがある。三匹の黒ネコで、クタの腹に頭を突っ込み、小さな尻尾を動かしながら、後ろ足で踏み踏みしている。生れたばかりのようだ。その日は五月三日の憲法記念日だったので、「ケンポウイチジョウ」、「ケンポウニジョウ」、「ケンポウサンジョウ」とでも命名するのもよかろうと、とっさにひらめいたが、カオルは、それでは長すぎるから、略称として、「ケンイチ」「ケンジ」「ケンゾウ」はどうかしらと提案した。しかし、これではみんな雄の名前ばかり。決定は、性別が判明してからということになった。相手がネコだからといって、性急な命名は失礼である。

その日の夕方、グリがクタの産室にはいるのが目撃された。雄ネコが産室にはいるなどということはありえぬことと思われるが、クタはグリを追いだしもしない。小さな段ボール箱のなかに、グリとクタと三匹の子ネコ、合計五匹。

私はグリをつまみだし、鼻先をぐりぐりと指先で押さえつけながら、「あの箱にはいってはいけません」と厳しい口調で言い聞かせた。

ところが、しばらくして戻ると、何と、グリは箱のなかでクタや子ネコと体を温めあっているではないか。シートンの『動物記』によると、母ネコは雄ネコや外敵とたたかいながら子ネコを育て、ときには雄ネコが子ネコを食べてしまうこともあるという。わが家のネコは想定外ならぬ「通説外」なのか。

その日の夕食時、「グリは自分が子ネコにでもなったつもりなのかしら」と、カオルは画期的な新説を発表した。大人が子供の状態にもどるという「退行現象」が人間に見うけられることがあるが、ネコにも同様の「退行現象」があるのではないかという新説である。

翌日、クタは次つぎと三匹の子ネコをくわえて、隣家の裏庭にきえる。引越しのようだ。一方、グリは、その日から数日間、行方不明となり、ある日の夕方、体をぶるぶるとふるわせながら、よたよたした足取りで帰ってきたが、それは、文字どおり、いまにも死にそうな様子だった。いつも元気だったグリからは、想像もできないほどの衰弱ぶりである。クタは、横たわるグリの耳、額、頭、頬をなめ、腹の下に押しこまれたグリの体を前足でおおう。「よく帰ってきたね」とでも言っているかのよう。

クタは三匹の子ネコの育児を放棄したようで、縁側でやすんでいるグリに付き添い、何も食べないグリとは対照的によく食べ、よく動きまわっていた。グリの体に何か重大な障害があるらしく、背中が以前より丸く湾曲し、頭はいつも左側に傾き、歩こうとすると、すぐ倒れそうになる。

「何か、水俣病のような症状かもしれないわ」とカオル。以前、テレビで見た水俣病で狂乱するネコの姿を思い出した。

グリは、ほとんど動けないような状態になり、ときどき片方の目を開けてこちらに向け、ニャーオー、ニャーオーと鳴くというより、叫びながら手足を振動させ、急に狂乱したかのようにクー、クーとうなり声をあげる。それをクタがじっと見つめている。

「グリがいけないみたい」と、カオルが叫ぶ。縁側に置かれた箱のなかのグリは、前足をそろえて伸ばし、眠っているように見えるが、左の目が開いている。目を閉じようとするが、瞼は動かない。足に触る。反応はない。湾曲した背中に触る。かたい。どこに手を置いても、あのネコの柔らかさがまったくない。

グリの体をタオルに包み、イチョウの近くに掘った深さ一メートルの穴に埋葬し、その上にヒイラギを植えた。一年と一か月の生涯であった。

アン、ギルバート、マシュー

死について、ネコはどう考えているのだろうか。まったく動かなくなったグリを見て、クタの頭のなかでどのようなことが起こっていたのであろうか。ネコは、死というものを知っているのだろうか。

クタが、苦しみもだえるグリを心配そうな面持ちで見つめていたのは、グリの身に起こった異変を感じとり、その苦痛を察していたのかもしれない。人間と同様、ネコにも「共感性」というものがあるにちがいないと、クタの挙動から感じることができた。しかし、グリが絶命した瞬間、クタはどのような反応を示したのだろうか。残念なことに、私とカオルは買い物にでかけていて、その瞬間の様子を観察することはできなかったが、もしクタの反応を観察できれば、彼女の「死生観」を覗きみることができたかもしれない。

私の推測では、クタはグリの死にたいして何の反応も示さなかったのではなかろうか。グリの死後、クタの行動は以前とほとんど変らなかった。クタにかぎらず、一般にネコは、死とはどのような現象であるかを知らないのではなかろうか。まったく動かなくなったグリを目の前にして、クタは、動かなくなったという事実をそのまま確認しただけで、人間の場合のように、それを死という「概念」と結びつけることはなかったにちがいない。ネコ自身にとって、死は存在しないということである。あるものを他のものと結びつけて考えることを「概念思考」とすれば、あるものをそのものに即してのみ考えることを「即物思考」ということができる。もちろん、ネコにも「思考」はあるが、「即物思考」の世界では、たとえば、あるものが動かなくなったという現象は認識されても、それが何を意味するかというところまで思考は進まない。たぶんこのあたりにネコと人間との大きな違いがあるようだ。

ネコにおける「即物思考」を示す例として、ネコには方向を指し示すことができないということがある。これは何度も試して確認したことであるが、たとえば、ボールで遊ばせようとして、庭に転がし、ネコにボールの位置を指さしても、ネコは差しだされた指先を見るだけで、ボールのある方向に目を向けることはけっしてない。ネコの思考は指先に固定されて、ボールのほうへ伸びていかない……。

グリが他界して二月もしないころ、クタは三匹の子ネコを出産した。四度目となる出産で、雌一匹、雄二匹は育児に専念する母親にみまもられて元気に育ち、薄茶と白の縞模様の雌ネコはアン・シャーリー（略してアン）、茶トラの雄ネコはギルバート・ブライス（略してギル）、茶色の毛がふさふさとした雄ネコはマシュー・クスバート（略してマシュー）と命名された。

いずれもカオルの愛読書、モンゴメリの『赤毛のアン』の登場人物の名前で、雌の子ネコの敏捷で、人間ならおしゃべり好きそうな雰囲気がいかにも赤毛のアンを髣髴《ほうふつ》とさせるというところからの発想である。

毛がふさふさして、穏やかな表情のマシューは、たしかに小説のなかの、アンを孤児院から引き取ったマシュー老人にふさわしく、いちばん活動的なギルも、いたずら好きのギルバート少年のイメージに通じた。『赤毛のアン』全編を何度も愛読したというカオルならではの命名である。

ひとり息子のキョウを育てたときに感じたことであるが、この世で幼い生命とともに過ごす日日ほど尊いものはなく、自分のなかの善なるものを一点の陰りもなく信じることができることをわが子に感謝したい思いでいっぱいだった。相手が三匹の子ネコであっても、この思いに変りはなかった。庭じゅうを縦横無尽、東奔西走、南船北馬のごとくかけまわり、時に待ち伏せ、突進、反転、取っ組み合い、木に駆け上り、駆け下り、飛び跳ねる子ネコたち。それはまさしく躍動する生命の「現象形態」であり、ネコの行動を通してあらわれた生命の姿かたちであった。ひさしく忘れかけていた生命の躍動がこちらの心身にも伝播したのか、いつのまにか裸足になって子ネコたちを追いかけている……。

そんなネコたちの「楽園」にも変化の兆しがあらわれる。ある日の日記にはこんな記述が——。

夕方、クタにアジの丸干しをあたえる。頭のついた中アジである。クタはそれをくわえ、子ネコのところへ持っていき、アジをくわえたまま「ウウ」といつものように呼ぶ。ギルとマシューがアジに食いつく。クタはお尻を向けて、子ネコたちの様子をうかがっている。そこへアンがわりこみ、アジをくわえ、ひとりで食べようとする。ギルが追いかけ、アジに食らいつこうとすると、アンは「ハー」と威嚇し、前足でギルの頭をたたく。ギルもアンの顔に一発。しばらく争いがつづき、ギルは退散、アンはがっちりアジを抱え、全部ひとりで食べてしまう。その間、マシューはふたりのまわりをのんびり歩きまわり、クタはまったく介入せず。

三匹の序列は、アン、ギル、マシューの順のようだ。その後、ギルがマシューの背中に馬乗りになって、交尾するような仕草を見せることがしばしば目撃されるようになった。マシューはそれを嫌がって、ギルを振り落としたりしていたが、ギルは執拗に何度も繰りかえし、やがてマシューも抵抗しなくなった。サルの世界では、集団内の順位を誇示するために「マウンティング」という行動があると聞いていたが、たぶんそれに相当するものであろう。

私はギルの行動をにがにがしい思いで観察し、カオルは無抵抗のマシューに同情していたが、人間の介入する余地がないことはわかっていた。おそらく、というか、もちろん、親のクタはそんなことにはまったく関心はなかったであろう。ネコのことはネコにまかせるしかない。ローマ時代の哲学者、エピクテトスが言うように、自分の意志のおよばないことについては、すべて成り行きにまかせるしかない。

人間世界と同様、ネコの世界でも、いったん集団内で序列ができあがると、上位の者はあらゆる機会をとらえて自分の優位を相手に意識させ、周知徹底させようとする。毎朝、クタの一家が縁側でのんびり日向ぼっこをしていると、かならずギルがマシューに近づき、首のあたりにかみつき、背後から馬乗りになり、それを振り払ってマシューが庭の外へと走り去るという光景が展開され、やがて、マシューの姿を目にすることもまれになった。「楽園」からの追放である。と同時に、「楽園」の終焉であった。

小説ではギルバートと結婚し、六人の子供たちを育てることになるアンは、四年半ほどの生涯をわが家の縁側のキャットハウスのなかで終え、グリのすぐ横に埋葬され、クタはその四か月後に行方不明になった。八年以上もわが家に定住していたことになる。同じくギルもその一年半後に行方不明になった。「概念思考」からいえば、「行方不明」は死亡を意味していた。わが家の飼いネコがわが家をはなれて生きていけるとはとうてい思えなかったからである。

ソラの登場

クタ一家が元気に庭を走りまわっていたころ、友人が一匹のネコをたずさえてわが家にやってきた。東京のマンションでネコを飼っていたが、面倒を見きれなくなったので、預かってくれないかというのである。生後一年近くになる、避妊手術の済んだ雌の子ネコで、グリと同じように鼻から下に白い「三角州」がひろがり、背中から尻尾はまだらの灰色、腹から足の先まで純白の、いわゆる「キジ白」である。もの怖じしない「凜《りん》とした」表情で、居間の天井から壁、テーブルの下などを見まわしていた。私とカオルはひと目で気にいり、譲りうけることにきめた。

新しいネコが登場するたびに、まず最初に考えるのは、名前である。人間でもネコでもその点はかわりない。その前年の父の日に生れたところから「チチ」という名前がつけられていたが、私もカオルも、新しい名前を考えていた。古い名前では何か借り物のようでいけない。五月下旬のことで、わが家の畑ではソラマメの収穫期であった。その年はかつてない豊作で、床に寝そべる新しいネコの顔を眺めながら、ソラマメの莢をむいていた。

「ソラマメはどうだい」と、私は安易な気持で言った。そう言ったとたん、ネコにソラマメなんて、何かちぐはぐな感じがした。

「そーねー」とカオル。「略して、ソラ、ならいいかも」

「本名はソラマメ、姓はソラ、名はマメとでも」

ソラ。発声しやすいのがいい。マメがつくと、冗長で、言いにくい。検討開始から三十秒ほどで、その後少なくとも十年以上は使用されるであろう名前が決定された。

「ソラちゃん」と、命名されたばかりの名前をよぶと、ネコは「ニャーオ」と小さな声で答えた。私もカオルも、これを同意の意志表示と解した。

家のなかでネコを飼うのははじめての経験で、いったいどういうことになるのか見当がつかなかったが、生れたときから家ネコのソラは同居人にも居住環境にもすぐ慣れたようで、居住区と定められた居間の隅々を丹念に探索し、本棚や簞笥、食器棚などの上をすべて踏破したらしく、朝、本棚の天辺に鎮座しているようなことも珍しくなかった。人間が寝室に引きあげたあとの居間は、文字どおり彼女の「独擅場《どくせんじょう》＝ひとり舞台」と化していたようだ。

やがて、観客がひとりもいない舞台でのひとり芝居にも飽きたようで、ガラス窓から外ばかり眺めていることが多くなった。クタ一家のネコたちも、家のなかで何やら動きまわっているネコに興味をもったらしく、窓の外から部屋のなかを覗きこみ、ガラス越しに、内なるネコと外なるネコが対面し、たがいにガラスに鼻面をおしつけ、見つめあう。ネコのにらめっこ、である。もちろん、ネコは笑ったりしないので、いつまでたっても勝負はつかない。

「お外に出たいようね。出してあげましょうか」と、カオル。

縁側のサッシをあけると、ソラは体を半分外に出し、ベランダに寝そべるクタ一家を一望し、ゆっくりと土を踏んだ。そして、庭のメタセコイアに向かい、幹で爪とぎをはじめ、それが終わると、庭を横断してサクラの木によじ登り、次は、となりのエゴノキに挑戦。そのよどみのない行動から、外を眺めながらあらかじめ計画を立てていたかのようにさえ思われた。ネコにも、ああしたい、こうしたいという気持があるにちがいない。その気持を実現することに、人間と同じように、喜びを感じたとしても不思議ではない。生物も哺乳類あたりまで進化すると、喜怒哀楽の情を備えるようになるのではなかろうか。

ネコにくわしい友人の話によると、内ネコにするか外ネコにするかの期限は、生後一年前後で、それをすぎると、部屋育ちのネコは屋外生活になじまなくなるという。ソラが庭ネコになったのは、ちょうど生後一年のころだった。

心配していたクタ一家との「衝突」やトラブルもなく、ソラは広い自然のなかの新しい生活に慣れていった。ギルが例の「マウンティング」の素振りを見せると、ソラは背を弓なりに大きく曲げて「フー」と一喝し、ものわかりがいいのか、よほど恐怖を感じたのか、ギルは二度とソラにはかまわなくなった。ソラのほうからクタ一家に干渉するようなこともなく、両者はつかず離れずの関係に満足した様子で、食事時になると、五匹のネコが等間隔に置かれた五枚の白い陶製の皿の前にならぶという、平和な光景が展開された。

しかし、五枚の皿は四枚となり、三枚となり、やがて、二枚となり、ソラがやってきて四年ほどすると、とうとう一枚だけになった。

ネコからのプレゼント

活動的で人なつっこいソラは、近隣一帯に、といっても、わずか二百メートル四方ほどの一帯であるが、その存在を知られるネコとなった。

「おたくのネコちゃん、大活躍ね」と近くの人から時どき声をかけられることがある。このあたりでは、ほとんどの家でネコやイヌを飼っていて、どうやらソラは、他人の家の縁側に寝そべったり、飼いイヌの餌を掠めたりしているらしい。そのたびに、私は、わが家のネコはソラマメの実がみのるころに飼いはじめたので、ソラという名であることを伝えた。ネコというありきたりの普通名詞ではなく、ソラというこの世にひとつしかない固有名詞でわが家のネコを呼んでほしかったからである。

「あら、うちのネコは、スモモっていうのよ。スモモの花が咲くころ生れたの」と、ソラという名前の由来を知った関根さんの奥さんがいった。ほかに、サクラとユズという名のネコがいて、いずれも同じ発想の命名だという。「いやー、そうですか」と顔を見合わせて、爆笑。ソラは関根さんのところでも「大活躍」しているようだった。むかしは子供が近隣とのつきあいの話題だったが、いまではネコがそれにとってかわっている。

人間とネコの関係は「相互的」である。「相互的」とはたがいに相手にたいして同じような行動をとるという意味である。毎朝、まず最初にネコの居場所を確認するといったが、ソラも毎朝、人間の位置を確認しているようで、私が居間へ行くと、雨戸の向こうで待っている。庭に出ると、どこからともなくあらわれ、気がついたときには足元にいる。ネコに監視されているような感じである。遠くからでも、人影や足音や振動などで、人間を確実に識別しているようだ。

監視するだけではない。人間を見守っているようなところもある。カオルが庭で草取りをしていると、すぐ近くに寝そべり、短い尻尾を振ったりする。母ネコのクタが子ネコを遊ばせるときによく見られた動作である。カオルを子ネコとでも思っているのだろうか。カオルが草を引きぬくために伸ばした手のあたりに、ソラも前足を伸ばす。邪魔をしているとしか見えないが、本人は手伝いのつもりなのだろうか。時どきカオルのまわりをひとまわりして、顔を見あげたりする。「何かお手伝いでもしましょうか？」とでも言っているかのように……。

市の健康診断で保健師から、健康のために一日三十分の散歩をすすめられたのがきっかけで、夕方、県道の先の橋まで歩くという新しい習慣をしばらくつづけたことがあった。私とカオルが並んで歩きはじめると、例によってどこからともなくソラがあらわれ、ふたりのあいだに割りこんでくる。先頭に立ったソラは、人間がちゃんとついてきているかを確かめるように、時どき後ろを振りかえる。まるで、ネコに先導されているかのようである。

県道まで来ると、ソラはそこで足を止め、私たちを見送る。彼女は県道より先には行ったことがないようだ。車の往来の激しい県道には行かないようにという、飼い主の気持が通じたのであろうか。橋でおりかえして、県道から市道にはいると、ふたたびソラの先導で家まで無事帰還。こちらは一日の無駄な内臓脂肪を消費した満足感、ソラのほうは、一日の大事な勤めを果たしたすがすがしい顔つき。たがいに、たぶん安らかな睡眠。

少なくとも庭で展開される現象については、人間よりもネコのほうが精通していることはまちがいない。人間はただ上からぼんやり眺めているだけである。ネコのほうは、四足を地面につけて、地面を伝わる振動を受信し、低位置からも中位置からも、ときに木の上からも観察して、微細な現象も見逃さない。ネコがじっと不動の姿勢を維持して、同一方向を見つめているのは、何か重大な現象を発見したしるしである。頭をほんの少し動かしたりするのは、対象がほんの少し位置を変えたからである。ネコはつねに対象を直視して、狙いをさだめ、跳びかかる。

夏になると、草むらを徘徊するヘビがソラの監視対象となる。よく見かけるのは、黒と褐色と赤のまだら模様のヤマカガシと呼ばれるヘビで、体長は五、六十センチほど、人間の足音あるいは地面の振動で、すばやく草むらに姿を消す。ネコは草むらのなかのヘビの動きをじっと注視し、すこしでも動きを察知するや、跳びかかり、前足の鋭い爪で一撃する。あとには頭部を食いちぎられても、尻尾のあたりがぴくぴく動いているひも状のものが残される。

ヘビが反撃体勢をとることもあった。あるとき、ヘビが草のあいだから鎌首というか、「上半身」を直立させて、ソラと対峙しているのを目撃したことがあった。ソラは右の前足をふりあげ、いまにも一撃——と、思いきや、そのまま凍りついたように、動かなくなった。ヘビのほうも彫像のように固まっている。両者、不動。数秒間、凍りついた時間がつづき、ソラは前足をおろし、ヘビは一瞬にして草むらに消え去った。

いったいこれは何だったのか。直立不動のヘビを目にしたのも、ソラが招きネコのように、たぶん利き手の右の前足を振り上げたまま静止させたのを見るのも、はじめての経験だった。

ヘビは死んだふりをしたのではなかろうか、と私は思った。専門用語では「擬死」といい、体が硬直状態になることを「カタレプシー（catalepsy）」という。タヌキは「タヌキ寝入り」で死んだふりをするというが、ヘビがそんなことをするとは聞いたことがない。もしかしたらこれは「大発見」かもしれない……。

直立状態になったヘビから、「小発見」も思いついた。旧約聖書の『創世記』に、エバに禁断の木の実を食べるように唆したヘビに、主なる神が、「このようなことをしたお前は、あらゆる家畜、あらゆる野の獣の中で呪われるものとなった。お前は、生涯這いまわり、塵を食らう」という部分がある。この文面から、それ以前、ヘビは立って歩いていたと推測される。ヘビが鎌首をあげて、直立の姿勢になるのは、その名残かもしれない……。

もうひとつ、これは「中発見」といえるかもしれないネコの行動を目撃したことがあった。ソラは、しばしば鳥を捕獲する「ハンター」で、獲物を飼い主にわざわざ見せに来ることがあった。そういうときは、ネコの気分を害さないように、丁重に「見せに来なくていいから、向こうへ行きなさい」と追い払うようにしていたが、あるとき、なかば食いつくしたヒヨドリを私の足元にドサッと置いていったことがあった。

何でわざわざ私の足元に、と首をかしげていると、カオルが言った。

「それ、プレゼントじゃないかしら」

「エッ、ぼくへのプレゼント！」

鳥の世界では、雄が雌に求愛するとき、木の実などを贈ったり、チンパンジーが飼育係にキャラメルをプレゼントしたりといった話は知っていたが、ネコがそのような贈与行為をするというのは聞いたことがない。十数年もいっしょに暮らしていると、人間もネコもたがいの気持がわかってくるのではなかろうか。カオルの鋭い指摘はソラの心理をつく真理かもしれない。人間とネコが、というか、少なくとも私たちとソラは、贈与行為という「文化」を共有していることに、驚きかつ感動した。

たぶん、毎日のキャットフードにたいするお礼のプレゼントかもしれないと感謝しつつ、その心ざしをありがたく頂戴して、ヒヨドリのほうは丁重に埋葬した。

モクタ・モクタザエモン

トラ、クラ、ドリ、クタ、チャタ、アン、マシュー、ギル、アゲイン、モク、マル、オカメ、グリ、ヨレヨレ、プレイボーイ、ロミオ、ソラ……いままでにつけたネコの名前の一部である。それぞれに命名のエピソードがあり、名前とともに、ネコたちの姿がよみがえる。

ルイス・キャロル『鏡の国のアリス』で、アリスは「いったいなぜものには名前があるのかしら」と疑問に思うが、この世に名前というものがなかったならば、すべては混沌として、識別不能となり、そんなネコとイヌとの区別もつかないような世界では、コミュニケーションそのものが成り立たなくなる。名前がないということは、言葉がないということに等しい。「はじめに言葉があった」と新約聖書『ヨハネ伝』の冒頭にあるが、名前があるからこそ、ものは存在しているといってもよい。すくなくともネコについては、名前のついていない飼いネコはいないはずで、肝腎なのは名前のつけかたである。

『鏡の国のアリス』の登場人物のひとり、大きな卵のような格好をしたハンプティ・ダンプティは、アリスという名前を聞いて、「お前のような名前だと、どんな形をしていてもいいことになる」と言う。ハンプティ・ダンプティは「ずんぐりむっくり」という意味で、まさに「名は体《たい》をあらわす」にふさわしい名前である。世界の秩序を支えるのは実体に即した名前であると考えるハンプティ・ダンプティに推奨したいのが、たとえば、トーマス・マンの長編小説『ファウストゥス博士』に登場する「シュレップフース」という大学講師の名前である。ドイツ語で「足を引きずる」という意味で、彼自身、足を引きずって歩き、これは西欧では悪魔であることのしるしとされている。彼は、美徳がなければ悪徳はなく、悪ないし悪魔は神の聖なる存在の必然的な付属物であると説く。悪魔の自己弁護であり、その名は、形ばかりか精神をも暗示する好例である。

このような「名は体をあらわす」例としては、クタ（黒いタヌキ）、チャタ（茶色のタヌキ）、マル（顔がまんまる）などがあるが、あまり創意工夫のない安易な命名法である。「名は体をあらわす」命名の好例として、最上川の川くだりで立ち寄った新庄市で見かけた「旅館・とまれ屋」（泊まれや）、伊豆で見かけた「食事処・空海」（食うかい）などが旅の記憶に残る。

トラとクラは最初に飼ったネコの名前で、どちらも映画『男はつらいよ』からの拝借である。命名の時期は約四十年前、第十四作『寅次郎子守唄』（マドンナ・十朱幸代）、第十五作『寅次郎相合い傘』（マドンナ・浅丘ルリ子）のころである。トラはいうまでもなく渥美清演ずる「車寅次郎」から、クラは倍賞千恵子演ずるその妹の「諏訪さくら」からきている。

飼いネコに「アルベルチーヌ」（プルースト『失われた時を求めて』の主人公の恋人）という名をつけた友人がいたが、文学作品からの借用としては、すでにふれた『赤毛のアン』シリーズやロミオのほかに、ディケンズの長編小説『Little Dorrit（リトル・ドリット）』に因む、ドリという名のネコがいる。イギリスには借金を返せないと投獄される債務者監獄というものがあって、ディケンズの父親も一時収監されたことがあったが、ドリットはこの監獄で生れ育って、のちに社交界で活躍する女性である。この小説は十九世紀の大英帝国を痛烈に批判し、官僚主義を風刺したCircumlocution Office（「繁文縟礼《はんぶんじょくれい》省」あるいは「たらいまわし局」あるいは「なにもやらない課」と訳せる）などが想像力ゆたかに描かれている。ネコのドリと出会ったのは、バーナード・ショーが「マルクスの『資本論』よりも過激で危険な本」と評するこの小説を耽読中のことだった。

落語から借用した唯一の名前が、モクである。「本名」は、杢田《もくた》杢太《もくた》左衛門《ざえもん》。落語『小言幸《こごとこう》兵衛《べえ》』で、家を借りに家主の小言幸兵衛を訪ねてくる仕立屋の息子の名前である。モクと名づけられることになる雄ネコがあらわれたのは、ちょうど落語ファンの息子のキョウと『小言幸兵衛』について話をしているときだった。この「モクタ・モクタザエモン」という名前について、「間抜けな名前だ」と家主はけなすが、命名の面白さでは、ゴーゴリの短篇小説『外套』の主人公、アカーキイ・アカーキエヴィチと双璧である。モクはたいへん利発で、わが家の縁側の網戸を開けることのできた唯一のネコであった。


ある日、近隣の主要な「社交場」のひとつ、ゴミの集積場で、関根さんの奥さんから声をかけられた。

「ソラちゃん、お元気ですか」

「ええ、元気です。スモモちゃんはいかがですか」

「ええ、とても元気です。最近、ソラちゃんが姿を見せないので、どうしているのかと気になって」

「もう十五歳になります。人間なら後期高齢者というところでしょうか」

「そうですか。ぜひ、遊びに来るようにお伝えください」

「はい、伝えておきます」

　家に帰ると、例によって、ソラは草取りをしているカオルに体を押しつけながら、腹ばいになっている。私は関根さんからの伝言をソラに伝えたが、とくに反応はない。どうやら、最近は遠出には興味がないらしい。やはり長年親しんだこの庭がお気に入りのようだ。彼女にとっても、ここがふるさとなのである。

　ソラをそっと抱きあげる。私の両手と両腕、胸の囲いのなかにすっぽりとおさまったソラは、気持よさそうに目を細めてじっとしている。抱きかかえているうちに、はじめは軽軽としていた柔らかで丸っこいかたまりがしだいに重みを増してくる。これを「持《も》ち重《おも》り」というのであろうか。それと同時に、ネコのからだから温《ぬく》もりが伝わってくる。「持ち重りの温もり」である。

第十章　居間からバードウォッチング

わが家の居間の南面は、両側の雨戸の戸袋の部分を残して、全面アルミサッシのガラス戸である。幅は約四・四メートル、高さは約二メートル。居間の中央にある、食卓兼作業台の広いテーブルにむかって坐ると、ほぼ庭全体が見渡せる。わが家を設計した生田さんは、ガラス張りの家を好み、ご自宅も一階から二階の吹き抜けまで、南側の全面がガラスの嵌め殺しになっている。生田さんの設計した住宅はほぼこれと同じような開放的な造りになっていて、わが家もその一例である。

居間から庭全体を見渡せる利点のひとつが、室内からバードウォッチングができることである。朝食の話題は、ネコのほかに、庭に飛来する鳥のことでほぼ占められる。初夏ともなると、スズメやヒヨドリやカケスの「常連」のほかにキジなども姿を見せ、ウグイスやホトトギスの鳴き声がやかましいほど響きわたる。庭に出ると、鳥の鳴き声はさらに声高になり、林にはいると、あたり一帯は鳥の声で満たされる……。

ここで、何ごとかを発見したかのように気がつく――鳥は、姿と声であることに。姿を愛でるのがバードウォッチングとすれば、声を楽しむのは、こんな言葉があるのかどうかわからないが「バードリスニング」あるいは「バードヒアリング」である。川村多実二『鳥の歌の科学』（中央公論社・自然選書）によると、日本では古くから、姿を鑑賞する鳥を「観鳥《みどり》」、声を愛でる鳥を「聴鳥《ききどり》」と呼んでいたという。

歩く大きな宝石

ある日の朝食時。いつものように、まずはじめに自家製味噌の香り豊かな味噌汁を口に含み、箸の先でワカメをつかむ。

その瞬間、「あれ、あれっ……」とカオルがささやくように押し殺した声をあげる。指さすユズの木のあたりに目を向けると、雄のキジが左右に首をふりながら、ゆっくりと庭を横断中である。その紫色と緑色と黄色の入り混じった、ふっくらした胴体から長い尾にかけての流線型が朝日を受けて、磨かれた色ガラスのようにキラキラ輝いている。こういうものを絵の具を重ね塗りしてあらわれる「極彩色《ごくさいしき》」というのであろうか。見る角度によって赤くなったり緑になったりする。まるで動く大きな宝石のようだ。

「キジじゃないか……」と、私も、警戒心の強いキジに聞こえないように、小さな声でいう。キジには居間のわれわれの姿も見えているにちがいない。鳥は視覚も聴覚もすぐれているという。窓ぎわまで近寄ろうものなら、たちまち、速足で逃げ去る、というより、立ち去るキジの姿を何度も目撃したことがある。その威風堂々たる挙止には、「逃げる」という言葉は似つかわしくないと思わせるものがあった。

キジはときどき草むらをついばみ、ときどき立ちどまり、あたりを見まわしながら、庭から姿を消した。数分間、箸を止めて、その動きを目で追っているうちに、そのむかしのサラリーマン時代に、昼食でよく食べた「キジ丼」のことが思い出されてきた。会社は神田美土代町《みとしろちょう》にあったが、昼になるといつも同僚と連れ立って、近くの店にくりだし、気にいると、連日、同じ店の同じメニューを食べたものだった。一時期、定番メニューに選ばれたのが、どういう訳か、「キジ丼」だった。味などはおぼえていないが、あれは本当にキジの肉だったのだろうか、という疑問がうかんできた。いまでも「キジ丼」を出す店はあるのだろうか。あの野生の美術品のようなキジを食べる気にはならないが。

それはさておき、一年中、毎日のように飛来するスズメやヒヨドリとはちがって、期間限定のキジの出現は、わが家にとってちょっとした出来事である。毎年三月ごろから近隣一帯に、ケーン、ケーンという鳴き声とともに姿をあらわすが、わが家の庭を訪れるのは、せいぜい年に数回ほどであろうか。田圃の畦道にたたずむ姿を目撃することもしばしばあるが、晩秋になるといつの間にか目にしなくなる。

ほとんどの場合、目にするのは地面に足をつけたキジの姿であるが、一度だけ、飛んでいる姿を見かけたことがあった。草むらを歩いていると、突如、足元から、ケーンという大きな鳴き声とともに、バタバタという羽根の音をたてながら、キジが飛び立ったのである。キジもびっくりしたことであろうが、こちらもびっくり。広げられた羽根は両手にあまるくらいの幅があり、胴体や尾も遠くからの見かけ以上に質量感がある。

キジはバタバタと羽ばたき、高さ二、三メートルほどまで上昇し、さらに上昇する気配を見せながら下降し、十数メートル進んで着地した。咄嗟のことで動転したのか、それとも、ふだんからあまり飛んだことがなかったのか。あの宝石のような豊満な体軀が飛行動作に影響しているのかもしれない。どうやら、キジは低空飛行を好むようだ、というより、高空飛行を必要としていないのかもしれない。地上を威風堂々闊歩する姿からは想像できない、不安定で不器用な飛翔であった。

私はあらゆる種類の言葉の語源に関心があるが、この「低空飛行」が、キジの語源に関係しているとことには思いいたらなかった。大野晋編『古典基礎語辞典』によると、現代の「ひくい」を意味する言葉は、室町時代以前は「ひきし」と表記されていて、『日本国語大辞典』には、この「ひきし」の「ひ」を略して「キジ」が生れたという語源説が記されている。私としては、納得できる説である。キジは低空飛行の鳥の代表と見なされていたのであった。

といっても、ほかにどのような低空飛行の鳥がいたのか、ニワトリ以外には思い浮ばないが、それでは、高空飛行の鳥についてはどうか。「ひきし」に対応するのは「たかし（高し）」である。たいていの鳥はキジよりも高く飛ぶが、そのなかでもより高く飛ぶ鳥となれば、カラス、トンビ、タカである。高く飛ぶからタカなのか。こんな安直な命名でいいのだろうか……。

この素朴な予想通り、高く飛ぶのでタカという語源説の存在をいくつかの国語辞典で確認することができた。「語源」とは、要するに、言葉の遊戯であって、そこから神話が生れ、哲学が芽生え、文化を形成する基盤となる。ギリシア神話の多くは神々や英雄の名前の由来についての物語である。「語源」は文化の源《みなもと》である。

語源がわかりやすい鳥の代表は、オナガである。文字どおり、「尾が長い」という姿かたちからの、「名は体をあらわす」命名法である。これまで庭にあらわれた鳥のなかで、オナガはキジとともに「観鳥」の双璧である。私の観察では、その名のとおり、四十センチほどの体長の半分を尾が占めていて、遠くからでも、その長い尾で識別できる。黒い頭と薄い水色の翼もオナガ独特である。

大工や職人が、オナガを「おさえる」話をしているのをしばしば耳にしたことがあった。どうやら、オナガをつかまえて、飼っているらしい。美しいものを身近において、愛でる気持はよくわかる。

オナガがキジと異なるのは、単独行動を好むキジにたいして、オナガは集団で行動するところにある。六、七羽から十羽ほどの群れで飛来し、木の高いところにとまり、地上に降りてくることはほとんどない。木から木へ、枝から枝へと飛び交うさまは、まるで遊び戯れているかのようだ。たいていの鳥は、木の枝や地面をついばんだりして、食糧の探索に余念がないが、オナガはそのような行動には興味がないように見受けられる。

一度だけであるが、マテバシイの枝にとまっていたオナガの群れが、裏庭に駐車していた自動車の上を滑空する光景を目撃したことがあった。一羽のオナガが、大きな翼を広げて、高さ数メートルの枝から下降し、車の屋根をかすめると、なめらかに上昇して、数メートル先の木の枝にとまる。すると、別のオナガが先ほどと同じ場所から飛び立ち、車の屋根すれすれに飛行し、木の枝にとまる。それを見届けたかのように、次のオナガが車の上を飛翔する。

私は、オナガを、一羽、二羽、三羽……と、十羽まで数えることができた。十羽の鳥がまったく同じ行動を、しかも、車の上をすれすれに滑空するという十分に「意図的な」行動をとるというのは、偶然とは思えない。そこには「共同の意思」の存在が推定できる。みんなで「示し合わせて」の行動にちがいない。遊園地で子供たちが代わる代わる滑り台を滑り降りるように、オナガたちも「滑空あそび」をしていたのであろう。

この貴重な目撃体験以後、オナガの姿を見かけることも間遠になった。もしかしたら、美しい鳥を愛でる人間に「おさえられ」てしまったのだろうか。

カケスとミッキーマウス

夷隅に引っ越してきて、大げさにいうと、この世にこんなにきれいな鳥がいるものなのかと感激したのは、カケスである。カオルも同じような印象をうけたようだ。私としては、まだキジもオナガも見たことがなく、カケスという名前も知らない、野生の生物についてはほとんど「無知蒙昧」の時代である。例によって、鳥類図鑑をしらべ、カケスという名にたどり着くことができたが、図鑑には、私がこの目で見たカケスの美しさが十分に描かれていないように思われた。

この鳥からうけた第一印象は、翼のあたりの黒と白と青のコントラストで、とくに強く目に残るのは、あざやかな青い色である。青の部分は体全体の一部にすぎないが、私にとって「青い鳥」といえばカケスであり、カケスといえば「青い鳥」である。それほどカケスの青い色は私の印象を決定づけた。

毎年五月になると、連日、五、六羽から、時には十羽以上ものカケスが群れで飛来し、朝食とともにバードウォッチングの開始となる。たいてい庭の南側のケヤキで一休みしてから、ゆっくりと縦横に飛びまわり、「ジェ、ジェイ、ジェ、ジェイ」と、その美しい姿にはちょっと似合わない濁声《だみごえ》をひびかせる。美女が老婆のしわがれ声を発しているような感じである。

しばらくすると、庭に面したガラス戸から一メートルほどのところに伸びているエンジュの太い枝にカケスがとまる。居間から鳥を観察できる至近距離である。これほど近くで鳥を見るのは、いまでは日常茶飯のこととなっているが、そこであらたに気づいたのは、カケスの何やらかわいいような、不器用なような、姿と行動である。枝のうえで、大きな頭を振りながら、赤ん坊のようによちよち歩きをしている。

人間についてと同様、動物についても、美しいとか、美しくないとか、かわいいとか、かわいくないとか、目にした瞬間に、判断がきまる。ネコを見て、あれこれ考えたすえに、「これはかわいい」と判断するような人はいないだろう。美醜や好き嫌いの判断は一瞬にしてきまる。カケスがかわいい鳥に見えたのは紛れもない事実であるが、そう思わせるものはいったい何なのかと考えた。対象が人間の場合、一目ぼれしても、その理由を考えたことなど一度もないが、相手が鳥となると、なぜ、この鳥がこれほどかわいく思えるのかと自問する。

毎朝、間近にカケスを見ているうちに、そのかわいさの源は、他の鳥よりも、体の大きさに比較して、頭が大きいことにあると気がついた。カケスとほぼ同じ大きさのキジバトが八頭身とすると、カケスは五頭身ほどである。人間でいえば、大人と幼児の体形のちがいに相当する……。

と、ここまで推論したところで、ウォルト・ディズニーの漫画・アニメに登場するミッキーマウスのキャラクターと体形の変化について誰かが論じていたことを思い出した。約五十年前から書きつづけている「読書ノート」を調べると、スティーヴン・ジェイ・グールド『パンダの親指』（早川書房）の「ミッキーマウスに生物学的敬意を」という章に、はじめは弱いものいじめの腕白小僧であったミッキーの性格が温和でおとなしくなるにつれて、頭の相対的サイズが大きくなり、目も大きくなっていく様子が説明されていることがわかった。一九二八年に「誕生」したミッキーが満五十歳を迎えたのを「記念して」、進化生物学者のグールドは、ミッキーの身長にたいする頭の長さの割合や目の大きさなどの変化を計測し、体形が幼児化していることを示した。

人間の赤ん坊や子ネコを見て、「かわいい」と感じるのは、幼児特有の特徴に触発されるからなのである。「かわいい」という気持を触発する特徴についての、動物学者のコンラート・ローレンツの分析がつぎのように紹介されている。

頭が相対的に大きいこと、顔面より脳頭蓋のほうが大きいこと、目が大きくて、低いところに位置していること、頬がふくらんでいること、四肢が太短いこと、どこもかもやわらか

くてポチャポチャしていること、それに、動作が不器用なこと。（櫻町翠軒訳）

カケスには目の位置のほかのすべての特徴が、赤ん坊や子ネコにはすべての特徴があてはまる。人間の大人の場合も、これらの特徴は「幼児性」を示すことが多く、ときには、それが「愛嬌」となって好感度を増すこともあるが、これに幼児のような甲高い声が加わると、「幼児性」はいっそう高まるようだ。

カケスは漢字では「懸巣」で、木の枝の上につくる盃形の巣から命名されたという説がある。英語ではjay（ジェイ）である。ジェイ。カケスの鳴き声にそっくりである。私の考えでは、この鳴き声からjayという名前がつけられたのではなかろうか。因みに、カケスはフランス語ではgeai（ジェ）である。これも鳴き声から来ているのではなかろうか。jayという英語は古いフランス語に由来するもので、そのフランス語geaiの語源は、ラテン語のgaiusまでたどることができる。gaiusもあきらかに擬声語である。さらに付け加えると、カケスの学名Garrulus glandariusは、「鳴き声のやかましいいたずらな鳥」という意味である。

英語のjayには、おしゃべり、のろま、まぬけ、青二才、世間知らず、といった意味もある。たしかにそんな風にも見え、一層、かわいさが増すようにも思われる。

「聴鳥」の女王、ウグイス

「田舎は静かでいいでしょう」と都会からの来訪者に言われることが多いが、田植えどきなどにカエルの大合唱で悩まされることはすでに記したとおりである。静かな冬がおわり、新しい生命が活動をはじめる春になると、あたり一帯はしだいにやかましくなる。鳥の鳴き声である。イギリスの詩人、ワーズワースにこんな詩がある。

なるほど、本か！　本を読むのは骨が折れるし、きりがない。
それよりも外に出てきて紅ひわの鳴き声を聞くがいい、
その歌声のなんと快いことか！　誓ってもいい、
本に書かれている以上の叡知がそこにある。

よく聴くのだ、鶫《つぐみ》のあの爽快な鳴き声を！
あの鳥も深遠な聖職者なのだ。
万象の光輝《こうき》燦然《さんぜん》たる世界に出てくるがいい、
そして、自然を師として仰ぐがいい！

（「発想の転換をこそ」平井正穂訳）

書を捨て、自然に親しめという呼びかけには大いに賛同するが、ものごとには限度というものがある。たしかに、春の到来とともに、木立になりひびくウグイスの声は心和《なご》ませるが、それもはじめのうちで、「ホーホケキョ……」の音律が整い、しだいに美声になるころには、何となくやかましく感じられるようになる。とくに、近づいてくる人間を警戒する「ケキョ、ケキョ、ケキョ……」というテンポのはやい甲高い鳴き声は、耳障りに聞こえることがある。といっても、ウグイスの鳴き声をけなしているわけではなく、ウグイスこそ「聴鳥」の女王であることにかわりはない。

四十年ものあいだ毎年ウグイスの鳴き声を聴いてきて、最近、さえずりの最後に、「サンキュッ」と聞こえるような音声を発していることに気づいた。私の耳に届いた鳴き声全体を文字であらわすと、こうなる。

ホーホケキョ、ホーホケキョ……ケキョ、ケキョ……サンキュッ、サンキュッ……。

最後の「サンキュッ」は、まるで「ご清聴ありがとうございます」といっているかのように聞こえるのである。こちらとしては、いつも美声を聞かせてもらってありがとう、とお礼を申し上げたいくらいであるが、残念ながら、いままでその姿を確認したことがないのである。

ただ一度、これがウグイスかもしれないと思われる鳥を目にしたばかりでなく、手につかんだことがあった。ある日、書斎から庭を眺めていると、窓ガラスに何かが当たる「ドスン」という音がして、小さな鳥が落下するのが見えた。私は、すばやく庭にとびだし、地面に横たわる小鳥を拾いあげた。というのは、数日前、窓ガラスに衝突して、落下した小鳥がソラの餌食になったのを目撃していたからである。ネコが鳥を捕獲するのは、空腹のためではなく、いうなれば「狩猟本能」あるいは「遊戯本能」からである。ソラには十分なキャットフードを与えてある。庭では無用な殺生は避けたい。

拾いあげた小鳥はスズメよりひとまわり小さく、手のひらにほぼ収まるほどで、ぐったりしているが、あたたかみが感じられた。背中は黄緑色で、私は一瞬、これが「ウグイス色」というものかもしれないと思った。ということは、この小鳥はウグイスなのか……。目のまわりの白い輪は、脳震盪でもおこして目をまわした印なのだろうか……。

あれこれ考えながら、生れてはじめて小鳥を手に握り、間近に観察するという貴重な体験に感激しているうちに、小鳥はまばたきし、頭をもちあげ、手の上で身動きをはじめた。私は辺りを見まわし、ソラがいないことをたしかめて、小鳥をそっと地面におろした。小鳥は数歩あるいて、飛んでいった。私の手には小鳥のやわらかな感触がいつまでも残っていた。

はたしてあれはウグイスだったのか。図鑑で調べると、ウグイスはスズメより大きく、背中の色は褐色のかかった緑色であることがわかった。このふたつの特徴から、私が手にした小鳥はどうやら別の鳥のようだ。私はウグイス色をまちがって理解していたことになるが、図鑑からだけでは本当のウグイス色を識別するのはむずかしい。やはり本当のウグイスを、それも野生のウグイスを見たいものであるが……。

それでは、私の手にやわらかな感触を残して飛んでいった小鳥は、何だったのか。これも図鑑にあたると、メジロという判定が出てきた。その名は、「目白」、目のまわりが白いところからつけられたもので、目をまわしているように見えたものは、メジロ本来の模様であった。メジロをウグイスと見間違えることがあるというが、私もそのひとりとなるところであった。

メジロやほかの鳥が災難にあわないように、衝突防止用のシールをガラス戸にはりつけたのはいうまでもない。それにしても、メジロのあのなめらかですべすべしてやわらかな感触はいつまでも忘れられないが、きっとウグイスも同じような感じなのではなかろうかと、想像している。

明け方から鳴きつづけるホトトギス

ウグイスとならんで「聴鳥」の双璧といっていいホトトギスでまず思い出されるのは、中学校の国語の教師が教えてくれた、こんな狂歌である。

ほととぎすなきつるかたをながむれば後徳大寺《ごとくだいじ》の寝ぼけ顔

言うまでもなく、『千載和歌集』所収の、『百人一首』に選ばれている次のような後徳大寺左大臣の和歌のパロディである。

郭公《ほととぎす》なきつるかたをながむればただ有明の月ぞのこれる

読んで字の如し、説明不要のストレートな歌である。『百人一首』の選者、藤原定家もそれを評価したのであろう。中学生にもよくわかる歌であるが、それよりも狂歌のほうがストレートに頭にはいった。見たこともない「有明の月」よりも、後徳大寺その人は知らなくとも、

「寝ぼけ顔」は容易に想像できたからである。と同時に記憶に刻印されたのは、ホトトギスは明け方から鳴きはじめるという知識である。「知識」といったのは、中学生のころにはホトトギスの鳴き声を聴いた覚えがなかったから、あるいは、聴いたとしてもホトトギスの鳴き声とは知らなかったからである。それに都会に住んでいる寝不足の中学生が明け方にホトトギスの声を聴くことなどまず考えられない。頻繁に、それこそ聴きあきるほどホトトギスの鳴き声を耳にしたのは、そして、「暁に名告《なの》り鳴くなるほととぎすいやめづらしく思ほゆるかも」(『万葉集』巻第十八）というように、ホトトギスの名はその鳴き声に由来することを知ったのも、この地に移ってからのことである。

万葉の詩人が詠んだ「名告り鳴く」（鳴き声が名前になる）鳥の例は、日本だけのことではなく、カケスの場合のように、英語圏やフランス語圏でも共通していることがわかる。ほかにも多くの例があると思われるが、ここで興味があるのは、鳥の鳴き声を世界各地の人びとが、それぞれの言葉によって表現しようとしているという共通の努力である。私はそういう経験をしたことはないが、世界のどの地域へ行っても、「あの鳥はどう鳴いていますか」と質問すれば、その地域の人が聞きとった音声を答えてくれるはずである。これを「聞きなし」というが、どこにいても聞こえてくる鳥の鳴き声に無関心な人間がいるだろうか。人間よりも鳥のほうが地球の先住民なのである。ワーズワースのいうように、鳥は「深遠な聖職者」なのかもしれない。

ホトトギスの「聞きなし」には、その名前のほかに、「特許許可局」とか「テッペンカケタカ」などが知られているが、ものは聞きようで、「提灯袖」の着物が着たいと駄々をこねていた親戚の女の子のことを思い出したりすると、「チョウチンソデ、チョウチンソデ」と聞こえてきたり、日本人の横綱が活躍していたころの大相撲を目に浮かべたりすると、「ワカハナダ、タカハナダ」と響いてきたりする。

このような聞き手の心理が反映される「聞きなし」をテーマにしているのが「紀州」という落語である。

七代将軍家継が急死し、八代将軍をきめる朝、その候補のひとり、尾州公が登城の途中、鍛冶屋の前を通りがかると、「トンテンカン、トンテンカン」という槌を打つ音が「テンカートール、テンカートール」と聞こえてきた。これは吉兆と喜んだ尾州公、将軍職への推挙を「予はその徳薄くしてその任にあらず」と儀礼的に辞退した。再度乞われれば、受けるつもりであったが、打診役の加賀守が、もうひとりの候補、紀州公に伺いをたてると、「予はその徳薄くしてその任にあらず、といえども、下万民《しも》のためとあらば任官いたすべし」と、八代将軍は紀州公にきまった。がっかりして城を出た尾州公、鍛冶屋の槌の音は、やはり「テンカートール」と聞こえる。これはおかしいと、鍛冶屋の中をひょいッとのぞく。親方がまっ赤に焼けた鉄《かね》を水にずぶりと突っこむと、「きしゅうーッ」……。

「声はすれども姿は見えず」の鳥の代表、ウグイスに次ぐのがホトトギスである。あたり一帯に声は響き渡るが、鳥の姿が見えない。空を見上げると、一直線に飛んでいる鳥がいる。目で追うと、声の方向と一致する。何度も観察した結果、ホトトギスは飛行中にさえずるという結論に達した。木に止まったホトトギスの鳴き声は聴いたことがない。そこで発見したのが、『千載和歌集』所収の、例の後徳大寺の歌のふたつ前にある前右京権大夫頼政の和歌である。

一声はさやかになきてほととぎす雲路《くもじ》はるかにとをざかるなり

体験した事実そのものへの感動をあらわすこの歌は、後徳大寺の歌と同様、「ストレート」である。一直線に飛ぶホトトギスのように、真正面から心に届く。これは、まさに私が耳で聞き、目で見たことを表現した歌にほかならない、と思えてくる。ホトトギスの声を耳にしたならば、空を見上げてほしい。きっと、真上にツバメのような形をした、ひとまわり大きな鳥が見えるはずである。

七月はじめの夕方の林、ウグイスとホトトギスの大合唱。

ホーホケキョ、ホーホケキョ……ケキョ、ホットトギス、ケキョ……タカハナダ、サンキュッ、チョウチンソデ、ワカハナダ、サンキュッ……、ホットトギス、チョウチンソデ、チョウチンソデ……。

ウグイスがアンダンテとすれば、ホトトギスはアレグロ。これにコジュケイの「チョットコイ」が加わると、大変なことになる。

ホーホケキョ、チョットコイ、ホーホケキョ……ケキョ、ホットトギス、チョットコイ、ケキョ……タカハナダ、サンキュッ、チョウチンソデ、ワカハナダ、サンキュッ……、ホットトギス、チョットコイ、チョットコイ、チョウチンソデ、チョウチンソデ……。

人間の場合、大音響で耳を傷めることがある。鳥の場合はどうか。自分や他の鳥の声がやかましくないのだろうか。ティム・バークヘッド『鳥たちの驚異的な感覚世界』（沼尻由起子訳・河出書房新社）によれば、鳥には「一過性難聴メカニズム」というものがあって、大きな声で鳴いているあいだ、耳の開口部は皮膚でふさがれ、口を大きく開いて鳴くだけで鼓膜が変化し、聴力は低下するという。

人類が滅亡しても鳥は鳴きつづけるにちがいない。はたして、人間の文化は鳥の鳴き声に匹敵するようなものだったのであろうか。

ホトトギスが鳴きやむ夜中になると、フクロウの仲間の、低くこもった声が聞こえることがある。私がよく耳にするのは「ホウホウ、ホウホウ」という遠いかすかな鳴き声である。その声から察するに、フクロウ科のアオバズクと思われる。これも中学校時代の国語の教師の言葉であるが、何か音がして、はじめて静けさがわかるものである。フクロウの鳴き声を聞くたびに、この言葉を思い出す。実際、静かな夜でなければ、あの不気味な低い声は伝わってこないだろう。そういえば、中学時代に住んでいた家で、夜の静けさを感じさせるのは、柱時計の音だったが、逆に、その音が気になって、朝まで眠れなかったこともあった。

一度だけ、フクロウを目撃したことがあった。たしか晩秋のころの夕方、「エノキ広場」を散歩していると、ふわぁーと、何か大きなものが空に浮かんで、クワの大木の見あげる高さの枝にとまった。そこには体の半分くらいが顔の灰色の鳥が静止していて、私のほうを見おろしている。私もフクロウを見あげた。しばらく、にらめっこ。あたりは静まりかえり、風もない。しばらくすると、フクロウは音もなく大きな翼を広げ、飛び去った。

小鳥たちの好物

鳥が庭を訪れる最大の理由は、食べ物をさがすためである。鳥にも好みというものがあるようで、ミミズや虫を食べるのはいっこうに構わないが、せっかく育てた野菜や果物を好む鳥は歓迎できない。その最たるものが、ヒヨドリである。

スズメの二倍弱ほどの大きさで、全体に黒っぽく見え、木の枝に直立の姿勢で静止し、細長い嘴と、頭頂に突き出した、ぼさぼさの「頭髪」のような羽毛が特徴である。遠くに見える場合、この突き出た「頭髪」がヒヨドリの目印になる。樹上から庭を見まわす様は、精悍な「スパイ」のような感じである。ほぼ一年中、朝から夕方まで、もっとも頻繁に姿をあらわし、ピイーヨ、ヒイーヨと鳴きながら、ゆるやかな波をえがいて庭をとびまわる。ヒヨドリの名前はこの鳴き声からついたとする説が有力である。

ヒヨドリはとくに赤い色のものを好むようで、というより、赤いものなら何でもついばむ習性があると見うけられる。ツバキやモクレンの花、ナンテンの実、イチゴ、ときには、熟したトマトまで標的になる。実を食べるのはわかるが、花びらがはたして腹の足しになるものなのか、疑問である。ただいたずらをしているだけのようにも見える。赤くなくても、葉ものの野菜、コマツナ、キャベツ、メキャベツ、ハクサイはとくに好物と見える。ビワやブルーベリーが熟したことは、ヒヨドリが教えてくれる。ワーズワースがいうように、ヒヨドリが人間をこえた「叡知」の持ち主であることは認めざるをえない。

以前、結球をはじめたメキャベツが、留守の数日間に、ヒヨドリによってことごとく食い荒らされるという被害を受けたことがあった。冬のことで、ほかに食糧がなかったのであろうが、それにしても旺盛きわまりない食欲である。それ以来、葉ものの野菜やイチゴに防虫もかねて目の細かいネットで覆いをすることが通例となった。

ところが、せっかく張ったネットが風で飛ばされ、作物が無防備になることがある。ヒヨドリはそういう機会をけっして見逃さない。ふだんは波状飛行のヒヨドリが、矢のように一直線に猛スピードで降下することがある。矢の先にあるのは、真っ赤に熟したイチゴである。樹上のヒヨドリとイチゴとの距離は、約二十メートルはある。その距離から、わずか直径二、三センチの大きさの物体が見えるのだろうか。はっきりと見えていなければ、一直線に矢のように飛んでくるはずがない。やはり鳥には人間を超えた能力が備わっていることはまちがいない。

視力は、映像を映す網膜の大きさと関係がある。当然、網膜が大きいほどよく見えるはずである。鳥の視力は高度に発達していて、眼球は頭部の約三分の一（人では六分の一）を占めているという（『図解動物観察事典』地人書館）。ヒヨドリにかぎらず、鳥はすぐれた視力の持主のようだ。

庭に存在するほとんどの植物・動物が鳥の食糧になるようで、スズメほどの大きさの、褐色まじりの暗い緑色のなかに翼の黄色の斑がめだつ小鳥、カワラヒワは、タンポポの綿毛を求めて庭にやってくる。ヒマワリの種も好物というが、あいにくわが庭にはない。

春先、枯れていた庭の芝が青くなり、タンポポが咲きはじめ、やがて庭中が黄色い花で覆われ、足の踏み場もないほどになる。一面の芝のあいだから、よくもこれほどのタンポポが「出現」したものだと、首をかしげつつ感心するのが例年の慣わしである。庭全体にひろがる黄色い輝きは、春の訪れのしるしでもある。

そして、高さ十数センチに伸びたタンポポの茎の先に球状の綿毛がつく五月中旬、カワラヒワが訪れる。それもきまって一羽だけである。去年と同じ鳥か、別の鳥なのか、もちろん、わからない。鳥の個体識別は、足環でもつけないかぎり不可能であろう。

カワラヒワは直立してもせいぜい十二、三センチほどの高さで、嘴をのばしてもタンポポの綿毛には届きそうにない。そこでどうするか。タンポポの茎に腹を押し当て、その姿勢を維持しながら前進する。茎はしだいに傾き、綿毛がカワラヒワの嘴のあたりにくる。茎を押し倒すという方法を小鳥は考えついたのである。

カワラヒワは次つぎとタンポポの茎を押し倒しては、綿毛の玉をついばみ、薄黄色の嘴から頰にかけて綿毛で覆われる。まるで、幼児がおにぎりを頰張って、口のまわりに白いご飯粒をつけたような感じである。ご飯粒というより、むしろ綿飴《わたあめ》にちかい。子供のころ縁日などでよく食べた綿のような飴である。カワラヒワにとってはご馳走なのであろうか、タンポポの綿毛が飛び去るまで、毎日のようにタンポポの茎を押し倒していた。

毎年、カワラヒワが、ヒマワリの種子をどういう風にして食べるのかを見たいものと、ヒマワリの種子を蒔くのを忘れないようにしていたが、いつも時機を逸してしまう。来年こそは……。

ヤマガラとエゴノキ

秋になると、書斎の前にあるエゴノキにヤマガラの群れが飛来する。仕事の合間の気分転換のバードウォッチングのつもりが、目がはなせなくなることもしばしば。エゴノキの小さな白い花は、春の庭に欠かせない彩《いろどり》のひとつであるが、初秋のエゴノキは庭のなかで、そこだけ鳥で大賑わいとなる。ヤマガラのお目当ては、枝からたれさがる無数の小さな実である。

ヤマガラは、スズメくらいの大きさで、尾が短く、頭が大きく、顔の斜めの白い帯が特徴であるが、調べてみると、人間に芸を仕込まれて、縁日などで見世物にもなるという。たしかに、小鳥が、ミニチュアの祭壇のようなものの階段をトントンと上がって、おみくじをくわえてくるという見世物を、小さいころ見たおぼえがある。あの鳥がヤマガラだったようだ。飛べないように羽根の一部が切ってあるという。

エゴノキに群がったヤマガラは、枝のあいだをせわしなく動きまわりながら、小さな実をくわえ、枝からもぎとり、次つぎと飛び立ち、しばらくすると、次つぎと、口に何もくわえていない鳥がやってくる。ヤマガラはその場では実を食べず、どこか近くの巣に運んでいるようである。ざっと数えたところ、十数羽が木に群がり、頻繁に実を運んでいるが、枝からぶらさがる実の数はいっこうに減ったようには見えない。

これが何日も、何日もつづくのである。書斎からのバードウォッチングも何日も、何日も、つづく。そのうちに、ヤマガラの大好物はいったいどんな味がするのだろうか、と考えた。まさか毒ではなかろう。毒であれば、とうにヤマガラは絶滅していたであろう。

ヤマガラがいなくなった夕方、エゴノキの実を数個採取し、まず、その大きさを測る。長さ一・五センチ、幅一センチの楕円形で、ついでに重さも測定。五個まとめて測り、平均一個一・四グラムという結果がでた。実そのものには特に匂いはない。薄緑色の皮をむくと、濃い緑色の果肉があらわれ、青くさい匂いがする。どんな味なのかと、かじってみる。舌に、苦みが残る。しばらくすると、苦みは口のなか全体に広がり、しだいに、その苦みが強くなり、喉の奥のほうへひろがる。苦みが口の奥に張りついたような、麻痺したような感じになる。その苦みは十数分間もつづき、水をコップに何杯も飲んで、ようやくおさまった。人間の食用に適していないことは明らかだ。

ここで脳裏に飛来したのは、「えぐい」という言葉であった。私の理解では、痺れるような苦い味という意味である。漢和辞典によれば、「えぐい」に対応する漢字には、画数二十の「醶」と「蘞」があり、どちらもはじめて目にする漢字で、漢字の表現の奥深さ、というか、日本語の言語表現の基盤にある漢字の存在を感じさせる。

エゴノキの果肉をすりつぶして水中に入れると、魚が麻痺するので漁に使用されるという。麻痺させる物質は「エゴサポニン」という名前で、私の口のなかを麻痺させたのもこの物質である。エゴノキの果肉は「毒」なのである。そんなものをたくさん食べて、ヤマガラは大丈夫なのだろうか。

鳥には舌はあるが、歯がないので、口にいれたものを噛み砕くことはできない。そのまま飲み込まれたエゴノキの実は、胃の一部の砂嚢《さのう》ですりつぶされ、消化され、体内に吸収され、ヤマガラはあの不愉快な苦みを味わわずにすむが、魚を麻痺させるという「エゴサポニン」の毒素を体内に大量に吸収して大丈夫なのだろうかと心配になる。毎年、庭にあらわれる元気なヤマガラを目にしては、余計な心配をしていたことを知る。

ハトロール

ハトにはさまざまな種類があるが、わが家周辺でよく見かけるのは、クー、クウ……デデッポーポー、デデッポーポーと低い声で鳴くキジバトである。駅のホームや公園などでよく見かけるハトの「徘徊行為」は、わが家の庭や近くの道端でもしばしば目にする。ヨタヨタした緩慢な足取りで、何か探しものをしているようでもあり、ただ歩きまわっているようでもあり、歩きまわるのを楽しんでいるようでもあるが、人間とちがって、動物は目的のない無意味で無謀な行動をしないものである。やはり、ハトは何か探しものをしているにちがいない、などと考えているうちに、頭のなかにひとつの言葉が浮かんできた。

「ハトロール」。

ハトはパトロールをしているのである。こういう言葉が浮かんでくるのも、長年のバードウォッチング経験の成果のひとつかもしれない。駅のホームや公園とちがって、わが家の周辺では、ハトロール中のハトには、パトロール中の警官と同じような警戒心が必要である。機敏なネコがとびかかって、あっという間に口にくわえ、草むらに連れ込んでしまうからである。荒くれ者が道中の姫を襲うような感じである。わが家のネコが、そんな荒くれ者を演じるのを目撃したことが何度かある。

庭をおとずれるハトは、都会とちがって群れをなすことはなく、たいてい二羽の番《つがい》である。何かふたりで相談しているかのように頭を寄せ合って地面を突っついている。鳥の嘴には味を感じる「味蕾《みらい》」という器官があって、これによって地中のミミズなどを探しだすという（『鳥たちの驚異的な感覚世界』）。「徘徊行為」と見えたものは、りっぱな「目的的行為」だったのである。

ハトの番は一生涯、連れ添い、共同で巣をつくり、交代で抱卵し、ヒナを育てるといわれているが、その様子を庭で目撃したことがある。

十月のはじめ、二羽のハトが庭の片隅をしきりにハトロールしていたが、いつものことであまり気にかけていなかった。そのうち、その顔なじみになったハトが、サクラの木の高さ五、六メートルほどの太い枝のあたりを頻繁に行き来しているのに気づいた。居間からそのあたりを望遠鏡で覗くと、枝の付け根の窪みに巣のようなものがあって、何か動く小さなものが見えた。どうやら、二羽のヒナがいるようだった。

キジバトの親は、巣に帰るとき、まず、となりのクリの木にとまり、しばらくあたりを見まわしてから、巣へ移動する。ツバメなどの場合、帰巣した親鳥はヒナの大きく開けた口に嘴を差しこむものであるが、キジバトの場合は、逆である。ヒナが親鳥の口のなかに、嘴を差しこむのである。親鳥の口のなかに何か食べものでもあるのだろうか。

ハトの生態について調べると、抱卵して一週間ほどすると、母鳥の体内で「ピジョンミルク（ハトのミルク）」がつくられ、このミルクがヒナたちの食糧となるということがわかった。母鳥の授乳はいつも五分ほどで終わり、ヒナのもとを離れる。ハトの場合、人間のようにいつも赤ん坊のそばにいることはなく、むしろ、大部分の時間はヒナから離れている。たぶん、私が観察をはじめたころには、ヒナはだいぶ大きくなっていたのであろうと思われる。数日もすると、ヒナの羽根の模様もはっきりしてきて、ときどき羽ばたいたりしている。時おり、ヒヨドリやオナガが巣のまわりを飛びまわり、近くの木にとまって、ヒナを観察するというか、見守っている様子で、威嚇しているようには見えない。

そして、一週間後、二羽の幼い鳥は巣から飛びたち、しっかりした羽音をたてて、ヒノキ林に消えた。おそらく、親と子の今生《こんじょう》の別れであろう。その姿を目にしながら、私は、旧約聖書『創世記』の、地上を覆っていた洪水が引いたかどうかを調べるために、ノアの方舟からハトが放たれる光景を思いうかべた。きっと、あれが記録に残る最初の「ハトロール」だったのである……。

第十一章　ハチの季節

田舎暮らしの何よりの特徴は、大地が育む生物とより密接になること、というより、そうせざるをえないことにある。人間も、大地（地球あるいは自然）が長い時間をかけてつくりあげた生物の一種、もっとも遅く登場した生物で、好むと好まざるとにかかわらず、先輩の仲間の生物たちとともに生きていかなくてはならないが、仲間もさまざまで、なかにはあまり親しくなりたくない仲間、できれば顔をあわせたくない仲間もいる。私にとって、そういう生物の代表が、ある種の虫である。

幼少時の経験が、生涯の好悪や偏見をきめることがある。五、六歳のころの夏、母親の生れ故郷の茨城県平潟で過ごした時間のなかで、いまだに消えないふたつの記憶がある。ひとつは、朝早く、海からのぼる太陽を見ながら、祖母につれられて、浜辺でバケツ一杯の魚をもらい、朝食に食べたその魚のおいしさである。魚を食べておいしいと感じた最初の経験であり、魚のおいしさの基準となる経験である。

もうひとつは、夜中、居間で大きなムカデに刺された経験である。刺されたのが右足の小指のあたりであること、ムカデは畳と畳のあいだから出てきたこと、こんな大きな虫に刺されては死ぬかもしれないと、大声で泣きわめき、夜中の真っ暗な田舎道を誰かに抱きかかえられて、病院まで運ばれたこと、小指のあたりにアンモニアを塗られてことなきを得たこと、などを思い出す。

この地にきて、しばしばムカデに出会うが、家の外であれば別に問題はない。ゲジゲジも、その他の虫も、大地にいるかぎり、問題はない。「鬼は外」ではないが、「虫は外」である。時どき、歓迎されざる虫が家のなかに侵入することもあるが、人間に致命的な危険をおよぼす恐れはない。

しかし、問題は、ハチである。

サクラ吹雪のなかのクマバチ

私の好みでつくりあげた、庭全体にひろがる樹木が鬱蒼と生い茂る薄暗い空間が、人間や鳥ばかりでなく、ハチにとっても快適な場所であることを知ったのは、この十年ほどのことである。自分の好みが実現されるや、歓迎されざる者も「同好の士」であることを知るのは、何とも皮肉なことである。いまや「同好の士」となったハチの存在を身近に感じながら暮らしていると、まったく想像もおよばないような出来事に遭遇することもしばしばで、そのたびに思いおこされるのが、シェイクスピア『ハムレット』のこんな言葉である。

この天と地のあいだにはな、ホレーシオ、

哲学などの思いもよらぬことがあるのだ。（小田島雄志訳）

先王であった父親の亡霊から暗殺の顚末を知らされたハムレットが、親友に語る言葉である。死者の霊に出会うことじたい、まさに「思いもよらぬこと」で、このような「思いもよらぬこと」からドラマを展開させるのは、魔女との遭遇が発端となる『マクベス』や、魔術で起こされた嵐の場面からはじまる『テンペスト』などと同様の趣向である。そもそもシェイクスピアにかぎらず、「思いもよらぬこと」からつくられ、それを期待されているのがドラマであり、フィクション一般である。

日常の生活では、できれば「思いもよらぬこと」は起きてほしくないと思いつつも、亡霊の出現などの超常現象は論外として、「思いもよらないこと」に出会うことがないとはいえない。ハチについていえば、まさにその連続であった。

毎年十一月から三月ころまで、居間の暖房を一手に引きうけるのが、薪ストーブである。その横には、自家製の薪のはいったペール缶が置かれているが、二月のある日、缶のなかから「コロン」という小さな音が聞こえた。覗きこむと、長さ二センチほどの楕円形の黒いものが落ちていた。薪のなかから出てきたようだ。黒い物体はもそもそと動きはじめ、飛びはじめたのである。

クマバチである。その黒いずんぐりした、大きなアブのようなハチに、追いかけられた古い記憶がよみがえる。山梨県と長野県との県境にある甲斐駒ケ岳に登り、小雨のなかを下山中、この黒いハチがどこまでも私の頭上で旋回していた。さしていた折りたたみの黒い傘を標的にしているようだった。黒はある種のハチにとって天敵の色である。そのうちにクマバチは姿を消し、難を逃れたが、私にとって、「思いもよらぬ」恐怖の体験であった。

薪のなかからクマバチがあらわれるというのも、それ以上に「思いもよらぬ」出来事である。薪のなかで冬眠していたクマバチが、薪ストーブの熱で春が来たと錯覚して飛びだしたのであろう。まだ眠りから十分にさめていないのか、よろよろと部屋のなかを飛びまわる。私は「屋外使用」と注意書きのあるスズメバチ用の殺虫スプレーを取りだし、ハチめがけて噴射した。一発でハチは墜落。薪入れのなかを調べると、直径一・五センチほどのまるい穴のあいた薪があった。その穴はまさに「まんまるの」穴であった。クマバチの別名は「大工蜂（carpenter bee)」で、木に穴をあけ、卵を産みつけるといわれる。何匹もの幼虫がそのなかで春を待っているであろう薪とともに、親のハチを赤く燃える薪ストーブのなかに放りこんだ。

三月中旬の晴れた暖かいある日、薪が積みあげられている棚から薪を取りだしていると、薪に彫られたまるい穴からいまにもクマバチが体を出そうとしているのが見えた。たぶん、昆虫観察の貴重な一場面になるのであろうが、写真を撮っている余裕はない。穴から抜けだした黒いかたまりは、羽を伸ばし、低空飛行で草むらに消えた。私は薪をクマバチやキクイムシからまもり、同時に、人間もクマバチから守る方法を思案し、畑で使っている防虫ネットで、全部で十六面ある薪棚すべてを覆うことを決意し、実行した。

クマバチが庭の上空を旋回しはじめるのは、ソラマメの花が咲きそろう四月のはじめである。

庭に一歩でも足を踏みいれるや、どこからともなく黒いかたまりが頭上に出現し、上空を旋回しながら、時どき降下してソラマメの花の蜜を吸い、ふたたび旋回態勢にもどる。攻撃態勢にはいる様子はなく、時どき空中で停止しながら、こちらの動きを監視しているが、それでも、多少の威圧感を与えるには十分な行動で、その時期、クマバチの行動が活発な午前中にはなるべく庭に出るのは差しひかえるようになった。わが家にとって、クマバチの「初見日」は、ウグイスの初鳴きやウメの開花日などとともに重要な「生物季節」の観測記録である（気象庁が記録する「生物季節観測」の項目にははいっていないが）。

居間から観察していると、一匹のクマバチが庭全体を支配下においているようで、その「領空」に侵入するものすべて、羽虫や蝶、鳥にまで突撃し、追いはらっていた。ヒヨドリなども、その迅速な迎撃に威圧されて「領空」にはいることができず、高度をあげて、ケヤキの梢からクマバチの動きを見守っている。

クマバチが多忙をきわめるのは、オオシマザクラが満開を迎え、散りはじめる四月中旬のころである。動くものすべてに反応するという点では、クマバチはカエルに似ていて、何と律儀なことに、落下する一枚一枚のサクラの花びらに対応していたのである。サクラの花びらは、クマバチの迎撃を受けても、鳥や虫のように自力で飛び去ることはできず、風に乗り、重力に従って、ひらひらと舞うだけである。それをクマバチは執拗に追跡するが、次つぎと後続部隊がやってくる。しかし、クマバチはけっして「職場放棄」はしない。花びらが舞いつづけるかぎり縦横無尽に動きつづける、そのエネルギーは無尽蔵と思われるほどである。サクラ吹雪がクマバチを舞わせているようにも見えるし、クマバチはサクラ吹雪のなかで遊んでいるようにも見えるが、クマバチが、遊びを知るほどの高度な進化の段階に到達しているとは思えない。あくまでも種としての「初期設定」にしたがって、律儀に行動しているにちがいない。私は、その「律儀さ」に心をうたれた。

こんなところにハチの巣が

虫を無視しては、田舎には暮らせない。虫のなかでもとくに気をつけなければならないのは、ハチである。ハチのなかでもとくに注意しなければならないのが、人を死に到らしめることもあるスズメバチやアシナガバチである。

ハチに刺されたことが原因で死亡した人の数は、厚生労働省の「人口動態調査」によると、一九八五年から二〇一四年までの三十年間で合計八百十七人で、一年間平均約二十七人、最多で四十六人、最小で十三人となっている。大部分はスズメバチによるもので、例年、熊や毒蛇による死亡者の三倍以上に達している。

スズメバチが活動する五月から十月までは、わが家にとって憂鬱な半年間、いうなれば「ハチの季節」である。薪ストーブを使い、薪づくりにはげむ、十一月から四月までは「マキの季節」で、このふたつの「季節」でわが家の一年は経過する。

ハチの巣の駆除を行う専門の業者によると、スズメバチに刺されないためには、まず第一に、ハチの巣に近寄らないこと、第二に、ハチに遭遇したら、刺激しないようにじっとしているか、体を低くすること、第三に、黒い服装を避け、化粧品など匂いの強いものを身につけないことが大事だという。ハチを刺激しないことが肝腎のようだ。

ハチの存在を意識するようになったのは、というより、意識せざるを得なくなったのは、夷隅に移住して十数年もしてからであった。家の周囲に樹木が生い茂り、ハチにとっても快適な環境がつくられていたことなど、私には「思いもよらないこと」だった。

ハチにとってわが家周辺が住みやすい場所であることを教えてくれたのは、たまたま訪れてきた新聞のセールスマンだった。ドアを開けるなり、セールスマンは、玄関の上を指さし、「あれ、あれ……」と押し殺したような声をあげた。

その声にうながされて、上を見あげると、何と、軒下にテニスボールほどの大きさのハスの実の形をしたものがぶらさがっているではないか。アシナガバチの巣である。

当時は、アシナガバチに刺されると、死にいたるかもしれないことなどは知らなかったので、早速、竹の棒で巣をたたき落とし、落ちてきた巣を足で踏み潰し、すばやく家のなかに避難した。幸い、刺されることもなかったが、頭上二メートルほどのところに巣があるのに、まったくハチの姿に気がつかなかったことが、不思議に思われた。これこそ「知らぬが仏」というものであろうか。ハチのほうは、巣の下を通る人間の存在に気がついていたにちがいないが、この得体の知れない「物体」には近寄らないようにしていたのであろうか。少なくとも、その「物体」を攻撃対象と見なしていなかったことはたしかである。

そういえば、スズメバチやアシナガバチが、家の軒下、それも、北側の軒下に沿ってゆっくりと吟味するような感じで飛んでいる光景を目撃することがしばしばあった。玄関も北側にあり、そのすぐ近くまでマテバシイの枝が伸びていて、うす暗くなっている。ハチは巣をつくる適地を調査していたのである。

玄関の軒下のアシナガバチの巣を発見してから、毎朝、片手に長い竹の棒を持って、家の軒下を見あげることが日課となった。それまでほとんど見向きもしなかった場所である。しかし、その場所こそ、ハチにとっては巣をつくる最適の場所であったと、ようやく気づいたときには、時すでに遅し、スズメバチ特有の逆さ徳利の形をした巣がふたつもつくられていたのである。見あげると、大きなスズメバチ、おそらく女王蜂が逆さ徳利の下の穴から出てきて、軒下づたいにゆっくり進み、ヒノキの梢に向かっていった。手にした竹の棒で徳利を打ち砕き、落下してきた茶色の紙でつくられたような巣を踏み潰した。しかし、そのなかに幼虫がいたかもしれないと思っているうちに、ゲーテのこんな詩を思い出した。

一匹の蜘蛛を殺したとき、
それはなすべきことだったのかと私は考えた。
神はこの生きものにも、私と同様に、
今日のこの日を楽しむことを望まれたのだから！（『西東詩集』）

たしかに、事に当って、これは「なすべきこと」なのかどうかを人間は考える。それが「道徳」である。虫一匹の生命をめぐるゲーテの気持はよくわかるが、人間の命を奪うかもしれない虫については、躊躇は無用なのではなかろうか。

その日の夕方、叩き落したスズメバチの巣のあった軒下を見まわると、大きなスズメバチが旋回している。「ここに巣があったはずなのに、どうしたのかしら」と呟いているような感じである。その後、数日間、朝と夕方、監視をつづけたが、巣の新設はなかった。あきらめたようである。

年末の大掃除で、北側の雨戸の戸袋のなかを掃除していると、奥のほうに何かぶらさがっているものがある。それも、ふたつある。懐中電灯で照らすと、あらわれたのは、口のあたりが欠けた逆さ徳利である。スズメバチの巣の初期形態である。それにしても、よくもこんな場所を見つけたものである。雨や風の影響を受けず、人目にもつかない、暗い場所という巣づくりに適う条件は満たしていたが、空間の広さという必要条件は欠けているように思える。途中で製作を断念したようだが、戸袋のあたりを徘徊するハチを目撃したことが何度かあった。雨戸の戸袋は、スズメバチの巣づくりには格好の場所なのかもしれない。

早速、家にある七つの戸袋すべての開口部をテープで封鎖した。毎年、五月から十月まで、雨戸の戸袋を封印し、台風などで雨戸が必要になる場合はテープをはがし、台風が去ると、再度、戸袋を封鎖するという面倒なことをつづけることになったのも、ひとえにスズメバチから身を守るがためであった。

スズメバチと「目が合う」

注意はしていても、気がつかないことはたくさんあるが、田舎暮らしでその筆頭にあげられるのが、ハチの巣である。見つけるたびに「何でこんなところに！」と同じ言葉が口をつく。

あらためていえば、人間はこの地球で最後にあらわれた住民として存在しているのであり、人間よりも「先住民」のほうがはるかに地域の事情に通じているのは当然である。人間は、彼らにとって「邪魔者」でしかなく、スズメバチなどにとっては、自分たちを殺す「天敵」でしかない。スズメバチに刺されて生命をうしなう人間の数よりも圧倒的に多くの同胞が、人間によって殺されていることなど、スズメバチはご存知ないだろう。

いうまでもなく、スズメバチは人間を刺すために生存しているわけではなく、種の存続のために初夏の訪れとともに巣づくりをはじめ、初秋には多くの子孫が住めるような大きな住いを完成し、さらに「建増し」に余念がない。そんな九月のある日の午後、庭を歩いていると、一匹のスズメバチが私の頭上をかすめ、メタセコイアの横にあるユズの木のなかに消えた。

そのユズは、庭に定植した実生の苗から育った三本のうちの一本で、十数年で高さ三メートルほどになり、葉は密集していたが、いまだに実をつけたことがなかった。これはハチが身を隠すには最適の場所かもしれないと思っているうちに、ユズの葉のあいだから一匹のハチが出てきて、あたりを旋回している。目を凝らすと、ユズの葉のあいだから、何か丸い大きなものが見えてくる。テニスボールより大きく、バレーボールのボールよりも小さい。その中間ぐらいで、ソフトボールより少し大きい。

その球状の褐色の表面には曲線の縞模様がはしり、球の開口部のあたりに、門番というか警備員というか、一匹のハチがいて、時どき、顎《あご》というか口のあたりを伸縮しているのが見えた。人間にはなかなかできない芸当である。その仕草から私は、そのハチに認識されたものと、言うなれば、ハチと「目が合った」のではないかと感じた。門番のハチが私を見て、「警戒態勢」にはいったのではなかろうか。ハチと「目が合う」などというのは、稀有な体験にちがいない。ハチには私はどう見えたのであろうか。「人、ハチを看、ハチ、人を看る」である。ハチの視覚について研究した人はいるのだろうか。

私は、長い竹の棒を手に、ユズに近づいた。巣を叩き落すつもりだった。草取りをしていたカオルの声が背後に聞こえる。

「何かあったの……」

「ハチの巣なんだ。始末しようと思って……」

「大丈夫かしら、ハチが出てこないかしら」

カオルのこの言葉に、私は竹の棒を手からはなし、あらためてユズの葉でかこまれた巣をながめた。視線の角度をすこし変えると、巣は見えなくなる。これまで毎日、何度もすぐ近くを通っているのに気がつかなかったわけである。ハチのほうは、近くを通る私やカオルの姿を監視していたはずである。ハチが私たちに「危険」を感じなかったのは幸いであった。「危険」を感じていたら、刺されていたかもしれないところであった。

いすみ市の広報誌で、スズメバチの巣の駆除費用を市が援助するという記事を読んだことを思い出し、早速、役場に電話した。こういう制度があるのは、この地域ではスズメバチの脅威が懸念されているからであろう。無料駆除を受けられるのは、一人住いの高齢者に限られるということで、ふたり住いのわが家はこの条件にかなっていないことがわかり、駆除を行う業者を紹介してもらい、早速、その業者に連絡を取り、翌日の夕方、来てもらうことになった。ハチの駆除には、ハチの行動が衰える夕方がよいということだった。

翌日、日が沈むころ、軽トラックに乗って、六十歳すぎと見うけられる、日焼けした、痩身の男性と、その奥さんと思われる女性がやってきた。差し出された名刺には、「日本しろあり対策協会認定員　タイヘー消毒　防除士・矢田忠治」と記されていた。「防除士」は、国家資格ではないが、一九六〇年代につくられた、国土交通省公認の協会によるしろあり防除の専門資格で、ハチの巣の駆除なども行う専門業者であるという。防除士は、あたりを見まわし、開口一番、「ハチが好みそうな環境ですな」と言った。

私は、庭のユズの木に矢田さんを案内し、スズメバチの巣を指さした。矢田さんは、黙ってうなずき、ほかに巣がないかどうか、家のまわりを一周し、軒下や渡り廊下の床下、家に覆いかぶさるように伸びたマテバシイの枝などを、時どき立ちどまりながら見渡し、トラックに戻ると、奥さんの手を借りて、ネットで覆われた顔の部分をのぞいて、頭から胴体、両手、両足まで真っ白なビニール製のつなぎ服を身につけた。そして、私とカオルに、家のなかにいるようにといって、殺虫スプレーを右手に、ビニール袋を左手にもって、庭のユズの木に向った。

居間から見ていると、防除士がユズの葉の茂みに向けて白い色のスプレーを二、三度噴射すると、十数匹のハチの群れが飛びだしてきて、矢田さんの顔のまわりを旋回した。群れは再度のスプレーの噴射をうけて、落下。矢田さんは、ユズの葉のなかに手を突っ込み、取りだしたハチの巣をビニール袋のなかにいれ、さらに何回かスプレーを吹きつけ、家のなかの私たちのほうに、その袋を持ち上げて見せた。駆除は終了したようである。その間、わずか数分だった。

恐るおそる庭に出た私とカオルに、「これいりますか」と、巣とスズメバチの死骸がはいったビニール袋を指さしながら、彼は言った。以前、信州のあるそば屋で、大きなハチの巣が飾ってあるのを見たことがあるが、わが家にはこんな飾り物は似合わない。

彼は、つなぎ服を脱ぐと上半身裸になり、着ていたシャツを両手で絞った。シャツから、しずくが滴り落ちた。

代金をたずねると、奥さんが、「七千円です」と答えた。矢田さんは、体の汗を拭きながら、言った。

「こっちは、命がけなんだから」

ハチの舞う空の下で

ユズの木のなかの巣が除去されてからも、その周辺を旋回するスズメバチの姿が時どき見うけられた。おそらく、除去された巣にいたハチであろう。人間でいえば、朝、会社に出かけて、夕方、帰ってきたら、家がなくなっていたという状況である。巣を失ったハチは新しい住処《すみか》をつくることになると思われるが、その年は、幸いにも、わが家の周辺に新しい巣は見あたらなかった。

しかし、一年というサイクルで繰り返される生物の営みにたいして、人間はほとんど無力である。地球の自転や公転を止めたり、変化させたりできないように、スズメバチが家の軒下に巣をつくることを阻止するのは不可能に思われた。

書庫の軒下に、スズメバチの群れが飛び交っているのに気づいたのは、九月中旬の朝方の「見回り」の途中だった。屋根を支える垂木《たるき》に沿って、十数匹のハチがならび、口先で垂木をたたくような仕種《しぐさ》をしていた。五月はじめころ、女王蜂が垂木に巣の「支柱」になる黒い泥のかたまりのようなものを塗りつけているのを見たことがあったが、これほど多くのハチが同じようなことをしているのを目にしたのは、はじめてだった。ハチが口先で垂木をたたく「カチ、カチ、カチ」という音が聞こえるような気がした。相当かたい口先をしているにちがいない。

九月なかばといえば、スズメバチの活動がもっとも活発になる時期で、手狭になった巣を飛びだしたハチの群れが新しい巣をつくろうとして、わが家にやってきたのであろう。まだ巣はできていないものの、ハチの大群が舞う空の下で生活するというのも心穏やかでない。

「タイヘー消毒」の矢田さんに電話で相談したところ、巣ができていないことには、始末の仕様がなく、もうしばらく様子を見るしかない、という返事で、しかたなく、書斎のガラス戸越しに、巣づくりの「現場」を観察することが新しい日課となった。私のそれまでの観察では、前日の夕方には何もなかった場所に、翌朝、直径、長さともに数センチほどの逆さ徳利状の巣を発見することがしばしばあって、五月の女王蜂は、早朝の三、四時間で巣の原型をつくってしまうようだ。ところが、九月のはたらきバチは、二日たっても、三日たっても、逆さ徳利をつくることができなかった。

ハチは交代で仕事をしているらしく、垂木に黒い土を塗りつけていたハチが屋根の上に飛んでいくと、入れ替わりに別のハチがやってきて、垂木を口先でたたきはじめる。交代要員は、屋根の樋のあたりで待機しているようで、それぞれ勤勉に仕事に励んでいるのはよくわかるが、作業はいっこうに進展しているようには見えない。書斎のガラス戸のすぐ向こう、数センチほどのところを数匹のスズメバチがゆっくりと旋回し、家の外壁や軒下に沿って、何度も行きつ戻りつしている。「ハトロール」ならぬ「ハチロール」である。玄関のドアをあけると、上空に数匹のスズメバチ。廊下の窓から見あげると、そこにも、ハチの姿。いまや、わが家全体がスズメバチに包囲され、あたり一帯は彼らの「領空」と化した。外に出る際は、手袋と帽子、それに、スズメバチ用の殺虫スプレーが必備品となった。

そんな状況が五日間もつづき、六日目に、ハチの群れは姿を消した。ハチが空しい作業をつづけていた「現場」を視察すると、三本の垂木に合計十四の黒い塗り土の跡を数えることができた。これで一安心と、念のため、書庫の北側の軒下を見あげると、何と、そこには拳ほどの大きさの巣が釣り下がり、数匹のスズメバチが周囲を巡回していたのである。南側のハチの群れに目を奪われているあいだに、チームワークのよい有能なハチがせっせと巣づくりに励んでいたのである。

ここで、「タイヘー消毒」の矢田さんの登場となる。例によって白装束に身を固めた矢田さんは、梯子をのぼり、たっぷり殺虫剤をふりかけた巣をもぎとり、ビニール袋に収めた。二度あることは、三度ある、と言うが、正しくは、一度あったことは、何度でもある。自然現象とはそういうものである。

その翌年の五月下旬のことであるが、「トイレのあたりで何かハチの羽音のようなものがする」というカオルの言葉がことの発端であった。彼女の耳のよさは私も認めるところで、遠くのネコの鳴き声、車の音、やかんの水が沸騰する音などをいちはやく聞き取ることができた。アガサ・ファセット『バルトーク晩年の悲劇』（野水瑞穂訳・みすず書房）によると、ハンガリーの作曲家、バルトークは類いまれなる耳の持ち主で、十数メートルもはなれたテントウムシの羽音を聞き取ることができ、また、山に響くこだまが十回も響き返すのを聞くことができたという。たしかに、バルトークの音楽から虫の羽音のようなかすかな響きが聞こえてくることがある。

カオルの聴覚を信頼して、トイレの周辺をつぶさに調べつくしたが、何も発見することができなかった。彼女の空耳ということは考えられない。私の視覚が彼女の聴覚に追いつかなかったのだろうか。私の視覚には、死角があるのかもしれない。目的物が死角にあるために、見えないのだろうか。死角を見つけるにはどうすればよいか。見えない場所が死角である。それを見ることができるだろうか……。

渡り廊下にたたずみながら、思考の迷路をさまよっていると、窓の外に一匹のスズメバチが見えた。ハチは、窓のすぐ向こうにあるトイレの換気扇のフードのなかにはいっていった。

「何で、こんなところに……」と思いながら、フードのなかを下から覗きこむと、今しも、スズメバチが巣のなかに滑り込むところだった。

　まさしく「死角」を発見したのである。

「タイヘー消毒」の矢田さんは、スズメバチの巣を確認して、私に言った。

「よく見つけましたね」と。

　矢田さんは、防護服もつけずに、フードの天井から釣り下がった巣をもぎとり、「外出」から帰ってきた女王蜂を殺虫スプレーの一吹きで退治した。もぎとられた巣のなかには、うす緑色をした、うずら豆ほどの大きさの幼虫が十数匹もならんでいた。これらが九月には成虫になるという。はじめて見るスズメバチの幼虫には目をうばわれたが、一撃で女王蜂を撃墜した殺虫スプレーの威力にも目を見張った。市販の殺虫剤を二、三回噴射したくらいでは、女王蜂はひるまない。矢田さんによると、女王蜂は「頑丈に」つくられているのだという。

「すごい効き目ですね」と私がいうと、

「これは、専門の業者しか入手できない特別な殺虫剤ですよ」という答が返ってきた。「特別な殺虫剤」を手にいれるには、「防除士」になるしかないようだ。

トラップと「シーシュポスの神話」

「ハチの季節」を心安らかに、安全に過ごすにはどうすればよいか。

まず第一に、ハチが来ないようにする。そのためには、鬱蒼とした、薄暗い空間をなくせばよいが、生い茂る大木を伐り倒すわけにもいかない。マテバシイやメタセコイア、サクラ、イチョウなどの大木は、風から家を守り、畑に腐葉土を提供し、夏の陽射しを和らげ、涼風を送り、青空のカンバスに緑の景観を描く、わが家の財産である。といって、放置するわけにもいかず、大木の剪定は毎年の冬の大きな仕事となっている。しかし、前にも触れたように、木は伐れば伐るほど、枝葉を伸ばすため、剪定には終りというものがない。「ハチの季節」を意識するや、剪定作業も、「ハチ対策」の一環ということとなった。

第二に、ハチが巣をつくれないようにする。ハチは、かたい枝や板、ときには釘などに支えとなる泥を塗り固めて、巣をつくるが、そういうことができないようにすればよい。

第三に、飛来するハチを殺す。方法はふたつ、殺虫スプレーとトラップ（わな）である。

「ハチの季節」が終わった十一月中旬、剪定のかたわら、これまでいちばんハチの巣がつくられた広さ六畳の書庫の軒下に、ネットを張ることにした。十年ほど前のことである。

用意するものは、高所の作業に必要な高さ十二尺の三脚脚立と、防虫用の網目三ミリほどのビニール製のネット、細長い杉の板、ステンレスの釘、太い縫い針。

まず、庭にネットを広げ、軒下の寸法にあわせて、台形に切る。型紙にあわせて布地を裁断するのと同じ要領である。この台形のネットの上辺と下辺に板をまきつけ、耐久性のあるビニール製の糸でしばる。これを両手に抱えて、脚立をのぼり、ネットにたるみを残して軒下の内側の板壁と、垂木の先端に取り付けられた「鼻隠し」と呼ばれる横板に釘で固定する。こうすればスズメバチは野地板にも垂木にも接触することができなくなり、巣づくりは不可能となるはずである。日の短くなる秋の午後の三、四時間をついやして、ネット一枚を取り付けることができた。はじめての作業であったが、およそ仕事というものは、仕事を通して会得するもので、作業が進むにつれて、脚立の上という不安定な足場で釘一本打つにしても、作業が容易になってくる。「熟練」とはそういうものである。

四日目には、四枚のネットの取り付けが完了し、五日目に、ネットとネットのつなぎ目をビニール糸で縫い合わせ、作業は終了した。その間、ほとんど顔を上に向けていたため、作業を終えてからも、首が上向きに曲がっているような感じがつづいていた。そういえば、ヴァザーリの『ルネサンス画人伝』によると、ヴァティカン宮殿内の「システィナ礼拝堂天井画」を制作したミケランジェロは、長い期間、顔を上に向けて作業をしなければならなかったため、完成後、数か月間も上を向かなければ本を読むことも、絵を見ることもできなかったという。私の場合は、完治するのに一晩で十分だった。

私には何ごとにも完璧をもとめる傾向があるようで、「タイヘー消毒」の矢田さんが、渡り廊下からピアノ室につづく床下を覗きこんでいたことを思い出し、ここも「危険地帯」と見極め、軒下につづいて、床下にもネットを張ることにきめた。

床下は、幅一・五間、奥行四間の広さで、床板は根太《ねだ》と呼ばれる角材で支えられ、その根太は大引《おおび》きと呼ばれる横木で支えられ、さらに、大引きは高さ一メートルほどの四寸角の束柱《つかばしら》で支えられている。これが普通の木造住宅の床下の構造で、床下にはいるとそれがよくわかる。

寸法に合わせて切ったネットを大引きに釘でとめる作業は、床下の地面に坐って、とくに首を曲げることも、腹這いになることもなく行うことができた。

こうして、「ハチが巣をつくれないようにする」作戦は完了し、残るは、「ハチ・トラップ」、スズメバチ捕獲作戦である。

「ハチ・トラップ」は、スズメバチの襲来によってミツバチが死滅するという被害に悩む養蜂家などが考案したもので、その実物を、旅行先の奈良で見たことがあった。ある天皇陵の近くの家の庭の隅に、スズメバチの死骸と思われるものが底に沈んだペットボトルが吊るされていた。その家の人の話では、鬱蒼と樹木の茂る天皇陵には大きなスズメバチの巣がいくつもあって、そこから頻繁に飛んでくるハチを退治するために、近所の人に教えられて「ハチ・トラップ」を庭木に設置したところ、効果覿面《てきめん》で、毎年、数十匹ものスズメバチが捕獲されるという。

奈良の人の話では、トラップの底には、日本酒と酢と砂糖を混ぜ合わせた液体が仕掛けられていて、これはスズメバチが好む樹液と同じ匂いがするように調合されているのだという。そういえば、庭のコナラの幹にスズメバチがとまっているのを目撃したことがあった。きっと、樹液を吸っていたのであろう。私は、旅行から帰ると、さっそくトラップの製作にとりくみ、三種混合の誘引液を二リットルのペットボトルに注ぎ込み、ボトルの上端に二・五センチ四方の入口を開け、書庫の近くのイヌビワの高さ三メートルほどの枝に吊るした。ボトルの開口部は入口専用で、いったん中にはいったハチが外に出ることのないよう、開口部の下側の部分を内側に折り曲げておいた。「鼠返し」ならぬ「ハチ返し」である。

四月末、設置してから一週間後、一匹のスズメバチと思われる大きなハチがトラップの底で動いているのが見えた。目測で体長四センチはある。ことによると、オオスズメバチかもしれない。羽ばたきをしながら、ボトルの壁を登るが、なかほどあたりで動きはとまり、しばらく、静止。ボトルの底から開口部までは三十センチほどあり、そのなかほどのくびれた部分に脚をかけて、体を支えている。暫時休憩ののち、長い前脚を伸ばして、登ろうとするが、後ろ脚が壁からはなれ、二本の前脚だけでは体を支えきれず、誘引液のなかに落下する。そしてふたたび、壁を登りはじめる。そして、なかほどで落下する。そして、ふたたび登りはじめる……。こんなことを前日から何度も何度も繰り返していたのであろう。

誘引液の四分の三は酒で、それに砂糖と酢が加わり、スズメバチには美酒なのであろうが、四六時中、美酒に浸るというのは、ハチにとっても苦痛なのではなかろうか。大好物を目の前にしながら、匂いが鼻について、料理が喉を通らない苦痛を味わう、芥川龍之介の短篇『芋粥』の主人公もこんな気分だったのではなかろうかとか、もしかしたら、スズメバチは美酒に酩酊して思うように動けなくなったのではなかろうかとか、また、何度もボトルの壁を登っては落ち、落ちては登る虫の姿は、地獄で山頂まで岩を運びあげる仕事を科され、いま一息のところで岩は転げ落ち、未来永劫それを繰り返すギリシア神話のシーシュポスそっくりではなかろうかとか、そんなことを考えながら、私は飽きることなく、書斎の窓からボトルのなかで悪戦苦闘する昆虫の行動を眺めつづけていた。

翌日、起床と同時に、書斎の窓に向かい、ボトルを眺めると、何と二匹のハチがまるで背比べでもしているかのようにボトルの壁をよじ登っていた。しかし、彼らの努力が報われることはなかった。スズメバチにとってボトルの壁は、『シーシュポスの神話』でカミュが言っているように、「不条理の壁」ないし「絶望の壁」にほかならず、数日におよぶ悪戦苦闘の末、ハチは動きを停止した。ボトルの上端にはハチの体に見合った窓が開いてはいるが、そこに到達できないことには、サルトルの戯曲のタイトルを借りれば、「出口なし」である。出口があっても、そこまで行けなければ「出口なし」である。

その後、トラップはスズメバチでにぎわい、「絶望の壁」の登攀《とうはん》が数限りなく繰り返される様子は見飽きることがなく、ハチがトラップにはいり込む瞬間を目撃することもできたが、ふと、これは一種の「虐待」ではなかろうかという思いにおそわれた。「昆虫虐待」「スズメバチ虐待」。ハチが苦しむのを見て、楽しんでいるのではないか。しかし、ハチは苦しんでいるのだろうか。苦痛がないとしたら、「虐待」にはあたらない。ハチは、状況にふさわしい行動をしているだけなのかもしれない、とも考えられ、人間以外の動物の場合、戦いはあっても、虐待行為はないのではないか、虐待は、人間に特有な現象ではなかろうか……などと思いつつ、人間の安寧な生活のために、「美酒」のはいったボトルをイヌビワの枝に仕掛けることが、毎年、初夏の年中行事となった。

生れてこの方、記憶のあるかぎり、スズメバチにも、アシナガバチにも、クマバチにも、ミツバチにも刺されたことがない。この幸運がこの地で末永く維持されるのを祈るばかりである。

第十二章　はたらく、つくる、たべる

カントは、「仕事こそ、人生を楽しむ最善の方法である」（『人間学』）と言っているが、生計を支える労働だけが仕事ではない。仕事とは、本来、人間が行う活動の総称であり、肉体や頭脳の機能が失われないかぎり、誰にも可能である。日日の生活は仕事で満ちている。そのなかにこそ、生存の楽しみがある。

庭の草が生い茂ったら、草刈をする、雨が降ってきたら、洗濯物をとりこむ、夕食時になったら、料理をはじめる、ネコが鳴いたら、餌を与える……。

田舎暮らしでは、一年中、仕事に追われる日日である。

畑からのプレゼント

私の場合、一日の仕事は、書斎で過ごす読書や執筆の時間と、庭や近隣で過ごす労働の時間と、その他の作業の時間にわけられる。それぞれ、心身を育み鍛え、成果が実感できる、興趣のつきない仕事であるが、とりわけ一年を通じて欠かせないのが、畑仕事である。庭とクリ広場をあわせて約三十六坪（約百二十平米）、長さ約五メートルの畝三十本が、その「舞台」である。

毎年、その「舞台」を彩る野菜を思いつくままに列挙すれば——タマネギ、ジャガイモ、ニンジン、シュンギク、ナバナ、ダイコン、ネギ、インゲン、エダマメ、ソラマメ、エンドウ、コマツナ、ホウレンソウ、ハクサイ、キャベツ、ブロッコリー、メキャベツ、カリフラワー、サトイモ、ズッキーニ、カボチャ、ゴーヤ、ナス、ピーマン、キュウリ、トウガラシ、シシトウ、トマト、プチトマト、モロヘイヤ、オクラ、カブ、チンゲンサイ、レタス、イタリアンパセリ、パセリ、バジル……。

これらのなかで、ほぼ毎年、豊作で、ちょっと自慢したい作物を四つあげるとしたら、大人の拳ほどの大きな、肉厚の輝くような緑色の真夏のピーマン、純白な晩秋のサトイモ、冬のサラダに欠かせないメキャベツ、初夏のビールのおつまみに最適なソラマメ。これらの野菜はほとんど一度も店で買ったことはなく、すべて「自家生産自家消費」略して「自産自消」である。畑の大きな肉厚のピーマンを見慣れていると、店で目にするピーマンはひどく貧弱に見えてくるし、一個あたり数十円で売られているメキャベツの高い値段にびっくりすると同時に、一本数十円の苗から数十個もの実が育つ植物の旺盛な生産性を祝福したい気分になる。

四十年前、家庭菜園をはじめたころは、近所の農家の人から教えられるままに、畑を耕し、鶏糞などの肥料を入れ、大きなジャガイモなどができたが、あるとき、鶏糞の臭いが鼻につき、不快感をおぼえたのがきっかけで、落ち葉や枯れ草などを肥料に使うようになった。

ちょうどそのころ、ある雑誌の取材で、苗を植えるのではなく、籾をじかに田圃にまいて稲作を行うという新しい農法を、生れ故郷の愛媛県伊予市で実践している、福岡正信さんという「自然農法家」から、話を聴く機会があった。福岡さんの「自然農法」は、不耕起、無肥料、無農薬、無除草を四大原則とする、「何もしない農法」である。わざわざ人間が機械で耕さなくても、植物の根が微生物などのはたらきで地中の深いところまで耕しているのだという。三十年以上ものあいだまったく耕していない福岡さんの田圃では、当時の平均の二倍以上の米の収穫があり、生産量は年とともに増えているともいう。案内された山は、全体が畑のような雰囲気で、道の真ん中に大きなゴボウやダイコンが地面から突き出ていた。まるで「自然に」生えてきたような感じである。

こんな風に野菜が栽培できれば、何とすばらしいことかと、福岡さんの「自然農法」に共感した最大の理由は、「何もしない農法」というところにあった。種をまくだけで、あとは何もしなくていい――これほど簡単で、誰にもできることはない！

しかし、草が生い茂る荒地に種子をまいても、なかなか芽が出ないし、芽が出ても、草に負けて、育たない。やはり、「なにもしない農法」は初心者には無理なようで、土を耕し、肥料を与え、草取りをするが、化学肥料や農薬は使わないという農法を採用することにした。小型の耕運機で畑を耕し、刈払機で草を刈り、堆肥を作るのは私の仕事で、畑の草取りはもっぱらカオルの仕事である。生ゴミは、専用の機器で熱処理すると、保存可能ないつでも利用できる肥料となった。

化学肥料や農薬は使わないという点では、「有機農法」ということになるのであろうが、農薬を使わないために、余計に手間がかかることにもなる。まず、作物に害虫がつかないように、また、蝶や蛾が卵を産みつけないように、ネットを張る必要がある。しかし、それでもキャベツやハクサイに蝶や蛾の幼虫を見かけないことはほとんどなく、ピンセットで一匹ずつ丹念に除去するのが、毎朝の仕事となる。店先に並ぶ虫食いのないキャベツなどを目にするたびに、それ相当の量の農薬が散布される情景が目にうかぶ。通常の農法では農薬が欠かせないように、わが家の「有機農法」では、ネットとピンセットが必需品である。

一日は、朝の畑の見まわりではじまる。種子をまいた翌日から、はやく芽を出さないものかと催促する気分になり、芽を出せば、はやく大きくならないものかと生長をうながし、実がなれば、さっそく切り取って、朝の食卓の飾りとする。例年、二月末に種芋を植えつけるジャガイモは、地上に芽を出すまで約一か月もかかるが、いつもきまって、どうして発芽までこんなに時間がかかるのだろうか、ひょっとしてモグラに食べられてしまったのではなかろうかとか、同じことを考えながら、地面に目を凝らす。最初の発芽を発見すると、毎年忘れずに、「今年もジャガイモが発芽した」と、カオルに報告し、カオルはきまって、「よかったわね」と答える。そして、毎朝、発芽したジャガイモの芽の数をかぞえ、ほぼすべての種芋の発芽を確認するまで、朝の見まわりを続行するのは、四月はじめに種芋を植えつけるサトイモや、十月下旬に種子まきをするソラマメなどの場合と同様である。発芽の確認から収穫まで、野菜は見飽きることがない。

六月中旬に収穫されたジャガイモは、ほぼ年内、わが家の需要を満たすことになり、十一月末に収穫されるサトイモは、翌年の四月まで備蓄され、もうひとつの備蓄野菜、タマネギは、五月から半年間、物置の軒下に吊るされ、私が手ずから研いだ包丁で刻まれることとなる。軒下に吊るされたタマネギは、その部分だけ切り取れば、昔ながらの農家の風景を演出しているようにも見える。

ソラマメの栽培は、三十数年前、近所の農家の山代さんからもらった種子をまいたのがはじまりで、それ以来、豊作の年もあれば、不作の年もあったが、途切れることなく継続し、現在は、七十粒ほどの種子を翌年のために冷蔵保存するのが恒例となっている。エンドウも同様である。サトイモも、収穫の一部を種芋として利用しているが、人間が種子をまかなくても、植物自身が播種している場合もある。これこそ、文字どおりの「自然農法」である。掘り残したサトイモやジャガイモから芽が出てくるのはめずらしくなく、ゴーヤ畑からは、毎年、五月になると、いくつもの新芽が出てきて、実を結び、花の咲いたイタリアンパセリをそのままにしておいたところ、翌年、あたり一帯にイタリアンパセリの群生が見られるほどになったこともあった。

「なにもしない農法」にほんの少しばかり近づいたような気がしないでもないが、畑の状況がはじめのころに較べ、野菜の栽培に適するようになっているのは事実である。畑の産物は、人間の努力の成果ではあろうが、それよりも土とそこに住む微生物、降り注ぐ雨や日光などのはたらきの結実であり、私はこれを「畑からのプレゼント」と呼んでいる。

四十年前に読んだ家庭菜園の手引書に、こんな言葉があった。

「ハコベ生えるまで、肥《こえ》はこべ」

「肥」といっても、枯草や落葉などを運んだだけであるが、たしかに、小さな白い花を咲かせるハコベをたくさん見かけるようになった。ハコベは、地味《ちみ》が肥えていることを示す草といわれ、地に這ってひろがり、他の雑草の生育を抑えるはたらきをしている。

キュウリを究理する

ささやかな我が家庭菜園では、野菜の自給自足というわけにはいかないが、夏には、ナスやピーマン、キュウリ、ゴーヤ、トマト、オクラ、モロヘイヤなどが豊かに実り、というか、むしろ過剰に実り、ほとんど野菜を買わない時期もある。そのかわり、これらの野菜を毎日、毎日、食べつづけることになる。

ある年の夏は、キュウリが大豊作で、七、八月の二月というもの、毎日、キュウリを食べるという食生活がつづいた。例年通り、近くの高校の農場で育てられたキュウリの苗、六本を市価の半値で購入し、畑に定植したのは四月末のことで、順調にツルは伸び、黄色い花を咲かせ、五月下旬には実をつけるようになった。七月にはいると、一日に五、六本も採れるようになり、多いときには、一日十本ということもあり、冷蔵庫の野菜室にはキュウリがたまる一方で、いつも十本ぐらいは転がっていた。この「畑からのプレゼント」を近所に「お裾分け」することも検討したが、どの家の家庭菜園でも、キュウリが豊作のようだった。

十六世紀、明の時代に中国で記された薬用植物に関する古書『中国本草全書』には、キュウりについて、「熱を消し水道を利し（火照った体を冷やし、利尿効果がある）、然れども多食すべからず」とあるが（キュウリの苦みに微弱の毒性があるといわれている）、ふたり家族に一日に数本ものキュウリが採れては、「多食」せざるをえない。

キュウリといえば、何といっても、糠漬けである。浅漬けもよし、深漬けもよし、浅漬けの場合は、食べる頃合にあわせて漬け込み、出し忘れた深漬けには、常食の玄米ご飯に合う奥深い味わいがある。まるかじりのキュウリの涼やかな味は、夏の訪れを実感させ、キュウリこそ、季節の到来を告げる野菜の代表といってよい。乱切りのキュウリを、自家製の味噌や梅干とともに食するのも、薄切りのキュウリを酢のものにするのも、夏ならではのことである。しかし、こういった食べ方だけでは、冷蔵庫のキュウリはいっこうに減る気配を見せない。

キュウリの季節とともに、連日のように食卓をにぎわすのが、冷やし中華である。ラーメン屋の店頭に「冷やし中華はじめました」という売出し旗が立つころには、わが家でも、冷やし中華やキュウリサラダのそうめんが昼食の主要メニューとなる。キュウリサラダのそうめんといっても、トッピングはキュウリの千切りと錦糸卵、自家製のチャーシュー、庭の青じそ、自家製のラッキョウとミョウガの千切りなどと、冷やし中華の場合とまったく変わりないが、そのときの気分や天候、野菜の状態、醬油や酢、自家製の梅酢などの調味料の配合によって、食味は微妙に変化し、次回に生かせるかもしれない味覚テストの良い機会となる。しかし、古代ギリシアの哲学者、ヘラクレイトスのいうように、食物も含め、宇宙の原理は「パンタ・レイ（万物流転）」であって、けっして同じ食味が再現されることはないという事実を、冷やし中華やキュウリサラダのそうめんなどを通して実体験した夏であった。つくるたびに微妙に異なる味わいをみせるところに、素人料理の妙味がある。

カオルは、ベーコンとキュウリの炒め物、キュウリの佃煮、キュウリのあんかけ、キュウリの南蛮漬け、キュウリのスープ煮などなど、新しいキュウリ料理を開拓し、いつも食卓には少なくとも三種類以上のキュウリ料理が並び、夏中、キュウリ料理のはいったガラス容器が冷蔵庫から姿を消すことはなかった。

「きょうも、キュウリばっかりね」とカオル。

「キュウリばかりだね」と私。

いつしか、いつも同じ食材の登場する食事を「ばっかり食」と呼ぶようになった。しかし、キュウリに飽きることはなかった。

こうしてキュウリを極めつくすべく、キュウリを究理し、ひたすらキュウリを食べつづけたが、「多食」による健康被害はなかったようだ。

その翌年は、同じウリ科のゴーヤ（苦瓜）が大豊作だった。例年、畑のスペースとの関係で、植えつける苗は五本ときめていたが、その年は、実生の苗の勢いがよいので、八本に増やしたところ、適度に雨が降ったこともあってか、七月の中旬には、ゴーヤのツルが幾重にも支柱とネットにひろがり、向こう側が見通せないほど葉がしげり、大きくなった実をさがすのに一苦労するほどになった。八月にはいると、毎日、二、三本も、それも長さ三十センチもある特大のものも採れるようになり、収穫かごはいつもゴーヤであふれていた。

「冷蔵庫に何本ある？」

「そうねー、五本ぐらいかしら」

　ほぼ毎日、夕方の「畑の時間」になると、こんな会話が交わされた。その年は、幸いにというわけではないが、キュウリは不作で、八月には収穫は終わっていた。前年のようにキュウリも大豊作だったら、冷蔵庫の野菜室はキュウリとゴーヤで満室となり、キュウリとゴーヤの「ばっかり食」が食卓を占領するところであった。「ばっかり食」は、一種類で十分である。

　それまでは、ゴーヤ料理といえば、「ゴーヤ・チャンプルー」と油炒めぐらいしか知らなかったが、いろいろ調べてみると、天ぷら、素揚げ、搔き揚げ、佃煮、甘酢漬け、ツナとのトマト煮、サラダなど、多種多様な料理法があることがわかり、一挙に料理のレパートリーが増大した。薄切りゴーヤの油炒めは保存食にもなり、缶詰のツナとの相性もよく、これをからめたスパゲッティは絶品である。

　ゴーヤの「ばっかり食」は九月のはじめまでつづいたが、キュウリの場合と同様、けっして飽きることがなかった。

　ゴーヤの翌年は、やはり夏野菜のオクラが大豊作だった。六本の苗が大きく育ち、中心が赤い黄色い五弁の花は、ムクゲの花に似ていて、野菜のなかでは、たぶん、もっとも大きく、もっとも美しいが、開花して数日で実を結ぶので、ゆっくり花を愛でる余裕がない。そして、花が終って実になったかと思ううちに、食べごろの数センチの長さから、数日もすると、十数センチにも生長する。ナスやピーマン、キュウリ、ゴーヤなどの夏野菜が一斉に実る時期、夕方の「畑の時間」は収穫におわれ、気がつくと、二十センチにも伸びたオクラを発見することも珍しくないという忙しさである。

長さ二十センチ、直径四センチもあるオクラなど、店では売っていないだろうし、売っていても、誰も買わないかもしれない。そんな大きなオクラは食用には不適と見なされているのかもしれない。しかし、大きくても小さくても、オクラはオクラである。カオルの発案で、この特大のオクラを斜めに細長く切って茹で、薄い醬油味をつけるというシンプル料理を試みたところ、何と、口のなかでとろけるように美味なのである。筋張ってもいないし、硬くもない、食べられるのである。例によって、新しいオクラ料理が開発され、わが家の新しい「ばっかり料理」に仲間入りした。

八月のオクラの最盛期には、毎朝の味噌汁の具にはワカメとオクラはほぼ欠かさず、夕食にはオクラの酢のものなどが登場するという、オクラではじまり、オクラでおわる日日がつづくことになる。

味噌からアンチョビまで

小さいころから、朝は、ご飯と味噌汁、納豆や干物という食事で育ってきたため、もっとも味覚になじんだ調味料といえば、味噌と醬油である。好きな料理は、ナスの味噌炒め、鯖の味噌煮、きんぴらゴボウ、サトイモの煮っころがし、風呂吹きダイコンと、いずれも味噌味や醬油味のものばかりで、それは今でも変りないが、とくに忘れがたいのは、毎朝、カリカリと音をたてて食べたタクアンである。

どちらかといえば、歯ごたえのある固目《かため》の食べものが好みで、その双璧であるゴボウとタクアンは、噛めば噛むほど滋味が増し、時に、ほどよい塩梅のタクアンの味が不意によみがえってきて、無性にタクアンが食べたくなるようなことがあるのは、味覚の記憶の深いところにタクアンの味が刻印されているためであろうか。しかしながら、気にいった味のタクアンにはなかなか巡り会えず、そこで、ひとつ自分でつくってみてはどうだろうかということに思いが及んだのは、田舎住いをはじめた翌年のことだった。

そこでまず、ダイコンをつくることにした。予定の二十本のダイコンが順調に育ち、十一月末、これを二本ずつ葉の部分を結んで、物干し竿に吊るし、乾燥させることになるが、これがなかなか柔らかくならない。棒状のダイコンが輪になるくらい柔らかくなるというのが、乾燥の目安である。一週間たっても、二週間たっても、棒は棒のままで、輪にならない。乾燥に必要な寒風のかわりに吹いてくるのは、暖冬を予感させる暖風ばかり。

干しダイコンができないことには、タクアンはできない。その年はタクアンはあきらめて、毎日、半干しのダイコンを食べて過ごし、次の年には、店で売っている干しダイコンで念願のタクアンをめざした。二十本の黄色く色づいた干しダイコンを買って、車のトランクに収納したところまではすべて予定通りであったが、帰途に立ち寄った小間物屋の前で予想外の事件が起こったのである。

道路の縁石から突き出たボルトのようなものが車のタイヤに突き刺さってパンクし、タイヤ交換のために、トランクのなかの干しダイコン二十本をすべて路上にならべ、スペアタイヤを取り出さなくてはならないという、想像を絶する事態となった。道行く人は、路上のダイコンを珍しそうに、そのかたわらでタイヤ交換をする私と妻のシゲコを同情と怪訝な目で眺めていた。カーマニアの息子のキョウは、何やら頷きながらタイヤ交換を興味深げに見つめていた。

こうして苦労の末に入手した干しダイコンを、米ぬかと塩で漬け、重さ五キロほどの大きな重石を上に載せた樽を物置の片隅に置き、その様子を見に行くのが毎朝の楽しみになった。ひと月ほどして食べられるようになったが、嚙めば嚙むほど滲みでてくるはずの「滋味」を味わうことはできず、そのうち、ダイコンは弾力を失い、食用に不適な状態となった。近所の農家の山代さんから、このあたりでは冬といってもそれほど寒くないので、なかなかタクアンはできない、という話を聞いて、タクアンづくりはあきらめることにした。

つぎに挑戦したのは、味噌である。上野のアメ横で、大豆、米麴、塩という米味噌の材料のうち、入手方法がわからなかった乾燥米麴を見つけたのが直接のきっかけだった。

つくり方は簡単で、一昼夜、水につけた大豆を柔らかく茹でてつぶし、これを塩を混ぜた麴とこね合わせ、甕に貯蔵し、月に一度、かき混ぜるうちに、醗酵が進み、一年もすると、食べられるようになる。自家製味噌にこだわるのは、ひとえにおいしい味噌を食べたいという願望からである。「おいしい味噌」と言ったが、特別な味付けの施された味噌が食べたいわけではなく、「ふつうの」、添加物などの混入されていない味噌を食べたいだけである。ところが、市販の味噌の大半は、米味噌の場合、大豆、米麴、塩のほかに、さまざまな添加物が混入されていて、どうもそれらの添加物が味ばかりでなく、健康をも損ねているように思われたのである。これらの味噌は、私の基準では、味噌ではなく、「味噌もどき」である。私にとって、自家製の「手前味噌」の味がいちばんである。

味噌と同様、一家に欠かせないのが、梅干である。それも、梅干は店で買ってくるものではなく、家でつくるものと、小さいときから思っていた。初夏に梅を塩漬けにして、真夏に天日干しをするというのが、わが家でつづいている「年中行事」のひとつで、家の納戸には、梅干の納められた陶製の甕がいつも三つか四つは並んでいる。庭の二本のウメの木から十キロ以上の実が採れた年には、梅肉をすりおろし、その絞り汁を煮つめて、「梅肉エキス」をつくったこともあった。胃腸の調子が悪いときなど、これを一嘗めすると気分爽快になるという経験から、体調管理のために海外旅行に携行したこともあった。梅酢は米酢とともに食卓に欠かせない調味料で、煮魚にはいつも梅肉のついた種子を利用し、梅酢漬けされた赤紫蘇の葉を刻んだ「ゆかり」はご飯にふりかけてもよし、お握りにまぶしてもよしという具合に、梅干の副産物は、さまざまな場面で食べものに彩りを加えた。

冬になると、房総沖でとれた背黒イワシが一キロ二、三百円という「浜値」で手にはいり、これを寒風干しにして、メザシをつくるのも、冬の「年中行事」のひとつである。一夜干しで食べるのもよし、堅く干して「滋味」を味わうのもよしで、シーズンになると冷凍庫の一角はメザシで占められる。当地では背黒イワシを略して、背中が黒いところから「背黒」と言うが、生きの良い背黒は、手開きで骨をはずし、酢に漬けて、刺身として食べるのも美味で、背黒を買ってきた日は、メザシづくりと酢漬けづくりと、大忙しである。

この安くて旨いイワシから、高価な缶詰食品として販売されているアンチョビをつくれないかしらと考えたのはカオルである。わが家でも常食のスパゲッティなどの調味に何度か缶詰のアンチョビを使ったことがあったが、高価なため「常用」というわけにはいかない。これも製法は簡単で、塩漬けしたイワシをオリーブオイルに浸《つ》ければよい。しかし、簡単といっても、長さ十センチほどの小さな魚の内臓を取り、身が崩れないように中骨をはずすのは、たいへん根気の要る作業であって、値段が高いのもよくわかる。自家製アンチョビはいつも冷蔵庫の一角に鎮座する常備食となっている。

その他、自家栽培の三浦大根をカンナのような道具で太切りにして、細糸になるまで乾燥させた「切り干し大根」、一年中廊下の飾り棚を飾る梅やブルーベリー、イチゴなどの「ジャム」、丸大豆醤油と味醂、カツオとサバの混合削り節、昆布、干し椎茸でつくる、そばつゆや煮物の調味料にもなる万能の「八方出汁」、畑のキャベツでつくった「ザワークラウト」、中華なべを使った燻製の自家製「ベーコン」、庭のサンショウの木の実からつくった、煮魚などに使う「青サンショウ」、サンマの塩焼きなどにふりかける「粉サンショウ」などなどが、わが家の必備品である。

工作の時間

九年間の義務教育で学んだことのうち、手作業にかかわることで、いまでも大いに役立っているものがふたつある。裁縫と工作である。

現在もそういう授業時間があるのかどうかわからないが、私の小学校時代には、家庭科の授業があって、雑巾や算盤をいれる袋などを縫ったことがあった。先生や母親に教えてもらって、針に糸を通す方法や、糸の先に結び玉をつくる方法、布の裁断法、縫い方などをおぼえ、いまでは専用の裁縫箱を持ち、ボタンの付け替え、パンツのゴムひもの交換などは自分で行うようにしていることの背景にあるのは、たいていの手作業は誰にもできるはずだという考えである。道具の使い方などを体得すれば、誰にも箱や本棚などをつくることができることを学んだ小中学校の工作の時間は、私にとってその後の人生に大いに役立つ貴重な経験であった。

無人島での生活を描いた、ダニエル・デフォーの『ロビンソン・クルーソー』で出会った次のような一節は、まさに「わが意を得たり」であった。

ぜひ言っておきたいのは、理性が数学の本質と根源であるのと同様に、すべてを理性によって見極め、分析し、できるかぎり合理的に判断するならば、誰でも、あらゆる手仕事に長ずるようになるということである。私はそれまで工具というものを手にしたことがなかったが、時がたつうちに、努力と応用と工夫とによって、とりわけ工具があれば、欲しいものは何でも作れることを発見した。

ロビンソンは、難破した船から大工道具を運びだし、木を切り倒して角材や板をつくり、椅子とテーブル、さらには小屋を建て、孤島で二十七年間も住みつづけることができた。「ひとりの人間に可能なことは万人に可能である」という、「インド独立の父」マハトマ・ガンジーの言葉が実践されていたのである。無人島に住もうが、房総の田舎に住もうが、このロビンソンとガンジーの覚悟というか哲学こそが、不安のなかにも自信のもてる日日の生活を維持している力である。その力に必要なのは「合理的な判断」である。義務教育のみならず、あらゆる教育が育てようとしているもの、それは、「合理的な判断」にほかならない。

工作の場合、この「合理的な判断」の出発点は、設計図である。鍋敷きひとつつくるにも、方眼紙に平面図と立面図を描き、テーブルのように大きなものになると、側面図も加え、それぞれの部材の詳細な形状や寸法を記す。正確に板や角材を切ったり、正しい位置に穴をあけたりできさえすれば、誰でも私の設計図にしたがって工作を完成できるはずで、この約二十年間に描いた設計図を納めたスクラップ帖は五冊を数え、「作品」は約二百点にのぼる。

いままでにいちばん多くつくったのは、家中のほとんどの壁面に立つ本棚で、部屋の模様替えで解体されたものを含め、文庫本用の小さなものから、縦横六尺の大きなものなど、全部で十数点にもなろうか。材料は、ホームセンターで設計図に合わせて切断してもらったベニヤ板である。正確にカットされているので、組み立ては簡単である。

大きなものでは、庭のテーブルと椅子、それに、大工仕事や器具の修理につかう作業台がある。材料はいずれも、秋山さんの工務店が改修した別荘のデッキの廃材である。廃材といっても、傷があったりなどして新品としては使えないというだけで、日曜大工の材料としては十分だった。四・五×九・〇センチの断面の、長さが四メートルもある角材が数十本もプレゼントされたのである。

この大量の角材で最初につくったのは、この角材を置くための棚で、のちにその経験が大いに役立った。というのは、角材を切断し、ドリルで穴をあけ、ボルトで組み立てるという作業は、棚でもテーブルでも椅子でも作業台でも同じだったからで、同じ作業を繰り返すうちに、切断や穴あけが正確になるのが自分でもよくわかった。

生活に必要なものはできるだけ自分たちでつくるという方針は、食生活ばかりでなく、家事全般におよび、カオルからの注文で考案されたものもすくなくない。たとえば、台所で料理の合間に一休みする椅子がほしいと言われれば、ふたりでデザインを検討し、例によって正確な設計図を描いて製作する。台所仕事で疲れた足をのせる足置き台や、高いところのものをとるために必要な踏み台、冬の寒い台所で足元を温めるヒーターを置くための、移動しやすい台車、ミシンのペダルを固定する台、台所の流しの下の複雑な形をした棚などは、いずれもカオルからの注文生産である。

日日の生活のなかで出会う不便は、ちょっとした台や棚、箱などで解決可能であることを、こうした工作品から実感することができたが、同じような体験を証言しているのが、ベンジャミン・フランクリンの次のような言葉である。

人間の幸福というものは、時たま起こるすばらしい幸運よりも、日日に起こる些細な便宜から生れるものである。(『フランクリン自伝』)

ここで大事なのは、たとえ漠然としたものであれ、日日の不便を見過ごすことなく、それを解決するにはどのようなものが必要であるかをつきつめることである。そのような現実に即した思考のプロセスから生れたと思われるカオルの注文は、私にとってやりがいのある挑戦の機会ともなった。

私の考えでは、工作＝ものをつくる、とは、「観念の形象化」である。人間の心のなかで生れた欲求や願望などの「観念」を、たとえば木材や釘、石などによって形にするのが「形象化」であり、こうしてつくられたのが、台所の椅子であり、エジプトのピラミッドである。椅子もピラミッドも、「観念の形象化」という意味では同等である。ただ戯れに石を積み上げて、あの巨大なピラミッドができるはずがなく、かならず設計図があったはずである。それが発見されれば、ピラミッドの謎が解けるかもしれない。

不便の自覚がひとつの形として結実したものに、四十年間以上も使用の木製の机の「リフォーム」がある。それは、移住前に住んでいた横浜市からの払い下げ品の机で、左右に引き出しのついた、幅一・五メートル、奥行き七十五センチという大きさと、全部で九つもある引き出しの数から推測して、部長クラスの役人が使っていたものと思われたが、ある時から、テーブル面が高すぎることが気になりはじめ、いったん気になりはじめると、日日にそれは高まり、ついに、改造を決意するに到った。

その机は、左右の引き出し部分とテーブル面との三つの部分からできていて、テーブルの部分をはずし、代わりに適当な厚さの板を載せれば、思い通りの高さにすることができることに気づいた。厚さ一・五センチのベニヤ板三枚を張り合わせたテーブル板を左右の引き出しの上に載せると、高さを七十二センチから六十七センチに下げることができた。五センチの差にすぎないが、この「些細な便宜」が大切なのである。

　このようなわずかな高さの差が、日日の生活の快適さと大いに関係があることを、物理学者のアインシュタインも、スイスの特許局に就職した際に身をもって示している。フリューキガー『青春のアインシュタイン』（金子務訳・東京図書）によると、就職して最初の仕事は、事務机の四本の脚をノコギリで切って短くすることだったという。何センチ切断したのか不明であるが、机の高さを自分の体の大きさに合わせたまでである。アインシュタインの後任者の体も、その机の高さにぴったり合っていたおかげで、偉大な物理学者の「工作」の跡をとどめる机はいまでも残っているという。

　ひとつの工作を仕上げるたびに、もうこれで新たにつくるものはなかろうと思いながら道具をしまうが、しばらくすると、また設計図を描きはじめていることがしばしばである。生活も「パンタ・レイ」であり、生きているかぎり、終わりというものはなく、変化はつづき、片付くことがない。江戸時代の川柳にこんなものがある。

　針箱の内は一生かたづかず（『誹風柳多留拾遺』）

私の道具箱のなかもなかなか片付くことがない。

達成感と「戦争の道徳的等価物」

夏の夕方、西日を背に受けながら、休耕田の草刈をするのが、毎年くりかえされる定例の仕事となっている。約三十メートル四方に生い茂るカヤを見渡して、なにやら荒波の立つ大海原に舟を漕ぎ出すような気分になる。まず、道路沿いの草を刈り、端までいくと方向転換して、出発点のあたりにもどる。刈りとられた草が両側から重なりあい、一筋の草の畝ができる。同じように、もう一往復すると、もう一筋の草の畝がつくられ、草の畝と畝のあいだに草がきれいに刈り取られた地面があらわれる。

こうした作業を二時間ほどつづけると、幾筋もの波のような草の畝のあいだに、刈り取られた平面のひろがる、穏やかな「大海原」のような光景がつくりだされる。雑然としていたものを、整然としたものへと始末するのは心地よいもので、私は、これを「環境美化」と呼び、一日の作業が終わるたびに、何かを成し遂げた気持になる。

このような達成感こそ、仕事の最大の報酬である。何かを成し遂げたという充実した気分を伴わないような仕事は、シーシュポスに科されたような無益な労働ないしは苦役にほかならない。何かを成し遂げたということじたいが、仕事の最大の報酬であると、多くの賢人が異口同音に述べている——「正しい行為の報酬はそれをなしたことである」（セネカ）、「奉仕の果実は奉仕そのものである」(キケロ)、「正義にたいするもっとも大きな褒賞は、正義を行っていると感じることである」(ルソー)、「善をなし得るということがそのまま善の報酬であり、悪をなさざるを得ないということが、とりもなおさず、悪の懲罰である」(ヒルティ)。

人生でもっとも必要なのは、このような仕事の報酬としての達成感である。もちろん、達成感がありさえすれば、何をしてもよいわけではない。犯罪者は、計画した犯罪が成就すれば、それはそれで達成感を感じるであろう。アメリカの心理学者、ウィリアム・ジェイムズは、殺人や破壊などの非道徳的なことを伴わない、戦争のように人びとを熱中させ、連帯感を与え、全力を注ぐことができるような仕事が必要であることを訴え、それを「戦争の道徳的等価物(Moral Equivalent of War)」と表現し、「自然とのたたかい」をその一例に挙げている。

ジェイムズがこの講演を行った一九〇六年、日露戦争が終わった翌年、日本では、国木田独歩が、短篇小説『号外』で、作中人物のこんな言葉を通して、日露戦争に熱中していた日本人の一面を描いている。

戦争《いくさ》がないと生きている張り合いがない、ああツマラない、困った事だ、なんとか戦争を始めるくふうはないものかしら。

彼の生きがいは、旅順陥落や日本海海戦などの日本軍の勝利を伝える新聞の号外を読むことで、それをいまだに暗記しているほどである。戦争中、銀座などでは、通りがかりの赤の他人にさえ言葉をかけたいような雰囲気があったが、戦争が終わると、また以前の赤の他人同士の往来になってしまったことを嘆く。戦争が醸し出す興奮や一体感、緊張感や達成感がなつかしいのである。

「戦争でなく、ほかに何か、戦争の時のような心持ちにみんながなって暮らす方法はないものかしらん」という小説の最後の言葉は、「戦争の道徳的等価物」を探求するジェイムズに呼応する。

そういうものを求める気持は、百年たっても、千年たってもつづくであろうが、はたして見つけることができるであろうか。見つけようとすればするほど、それは遠ざかるのではなかろうか。古今の歴史は、その代替品を提供しようとする権力者の空しい歴史であり、その流れは現代の日本はいうまでもなく、世界の隅々にまで広がっている。

私にとって、草刈や工作などの日日の仕事こそ、「戦争の道徳的等価物」である。

エピローグ

田舎に暮らして四十年。都会に暮らしていたら体験できなかったであろうこと、知ることができなかったであろうこと、感じることができなかったであろうことにたくさん接することができた。四十年といえば、七十代なかばの私にとって、人生の半分以上の時間を占める。いまや私にとってこの地が「ふるさと」であり、田舎暮らし以外の暮らし方は考えられなくなっている。

古代ギリシアの哲学者、ソクラテスは、好奇心や驚きが哲学のはじまりであると言っているが、私にとって、田舎暮らしはまさに好奇心や驚きの宝庫である。野の草花ひと茎のなかにも、空を飛ぶ虫一匹のなかにも、汲みつくすことのできない生命の秘密があることを実感し、好奇心や驚きは、しばしば感動すらともなった。

感動とは、わが身に新しい感覚が発生したことの自覚、「すばらしき新世界」の発見である。知識を愛するという哲学の本来の意味合いからすれば、田園は哲学の宝庫であり、ひと茎の草も森羅万象にかかわる思索へと誘《いざな》う力を秘めている。類は友を呼ぶように、知識は知識をたぐりよせ、とどまることがない。ひとつのことを知れば、その先にあるはずの十の事柄を知らないことに気づき、十の事柄を知れば、百の事柄の無知を知る。モンテーニュの言う「博識の無知」である。

しかし、知識が次から次へと増えることを、はたして、単純に喜んでよいものなのだろうかという疑問が湧く。聖書には「知識多ければ、悩み多し」（『コヘレトの言葉』）とあるが、その極致をあらわしているのが、ゲーテ『ファウスト』の冒頭の主人公の言葉である。

哲学、法学、医学、それに神学まで研究しつくしたが、このとおり愚かな私だ。昔にくらべて少しも賢くなっていない。先生だの、博士だのと言われて十年も学生の鼻づらをひきまわしてきたが、そこでわかったのは、何も知ることができないということだ。それを思うと胸が張りさけそうだ。

こうしてファウストは、生きていることは重荷で、死こそ望ましい、と思うようになるが、ここで考えさせられるのは、人間にとって知識や学問は何のためにあるのかということである。人を絶望させるようなものは、ないほうがいいにきまっているが、絶望するかしないかは人それぞれである。そこで、思いうかぶのは、古代中国の哲学者、孔子の言葉である。

之《これ》を知る者は、之を好む者に如《し》かず、之を好む者は、之を楽しむ者に如かず。

（『論語』「雍也《ようや》第六」）

「之」は何をさしてもよいというところに、漢文の表現法の巧みさがうかがわれるが、たとえば、草花とすると、草花の名前を知るだけでは、これを愛好する人には及ばず、その先には、草花を楽しむという境地がある、といった意味になるであろうか。この三段階でいうと、ファウストは第一の「知」の段階にあって、知をきわめつくしたものの、そこから先に進むことができない状態にある。そこへ悪魔のメフィストフェレスがあらわれ、「あらゆる学問は灰色で、緑に茂るのは生命の樹なのです」と言って、ファウストを快楽の世界へと誘惑する。ファウストの悲劇は、学問を楽しむという心境になれなかったところにある。

田舎暮らしのなかにも、さまざまな対象について、「知る」「好きになる」「楽しむ」という三段階があり、田園の豊かな自然のなかでの四十年間の生活は、この三つの言葉に要約されるようである。

田舎暮らしにかぎらず、生活を「楽しむ」ことについて、私がもっとも気にいっているのは、「花道《はなみち》のつらね」(江戸時代の歌舞伎役者、五代目市川団十郎の狂歌をつくるときの名)の次の狂歌である。

たのしみは春の桜に秋の月
　夫婦仲よく三度くふめし(『吾妻曲《あずまぶり》狂歌文庫』)

私には、この狂歌はまさに田舎暮らしの楽しみを代弁しているかのように思われる。

あとがき

日日の暮らしのなかで、折にふれ浮上する好奇心や知識欲、驚きや感動から、この本は生れました。自然の豊かな田舎暮らしでは、そのような機会があふれ、とくに都会から移り住んだ者には、目にするものすべてが新鮮に感じられ、いつの間にか四十年の歳月が経過しました。「哲学」といっても、ものごとの原理や本質を探究するといったものではなく、好奇心や知識欲、驚きや感動こそ、「哲学」のきっかけであるという考えから、タイトルを「田舎暮らしと哲学」としました。田園は、路傍のひと茎の草花、空に舞う鳥や昆虫、風のそよぎ、川の流れなどなど、観察と思索の題材の宝庫です。

同時に、この宝庫は、人間の生活を支える生命の源でもあることを、ささやかな家庭菜園から実感し、天候と体調の許すかぎりほぼ年中無休の畑仕事や、草刈、まき割り、大工仕事などの肉体労働を、心身への心地よい刺激と感じるようになりました。実際、多忙な田舎暮らしでは、散歩や体力トレーニングなどに費やす時間はありません。

この本の出版にあたっては、新潮社出版部の寺島哲也さん、新井久幸さんからご助言等をいただき、感謝申し上げます。

二〇一七年八月

木原武一

本作品は書き下ろしです。

田舎《いなか》暮《ぐ》らしと哲学《てつがく》

2017年９月30日発行

■著　者　木《き》原《はら》武《ぶ》一《いち》

■発行者　佐藤隆信

■発行所　株式会社新潮社
郵便番号162-8711　東京都新宿区矢来町71
電話　編集部(03)3266-5411　読者係(03)3266-5111
http://www.shinchosha.co.jp

■印刷　株式会社光邦　■製本　大口製本印刷株式会社

ISBN978-4-10-437302-4　C0095